真实自带力量

Truth

Has

Its

Own

Strength

Sue 著

九州出版社
JIUZHOUPRESS

"Sue 说"文章合辑（2019—2022）

"关于这个世界，以及超越这个世界的，真相"

触及这些真相，看清所有的幻觉，

就意味着幻觉的消失，活在真实里，

此时才会拥有真正的爱与美、慈悲与智慧，

才能身处喜悦的至福当中，

融合无间地存在于本身就是创造的生命里。

微信公众号：Sue 说

（语音版已在喜马拉雅"Sue 说"上线）

目 录

这个／这些真相，
不属于任何人，
不依赖于任何人而存在，
而是它自己就会有
喷涌而出、源源不断的表达。

序篇

开设一个 Sue 的个人公众号，这个想法其实由来已久，但一直没有实施，那是因为从一开始就跟自己"有约在先"：

这件事值得做，但是有一点必须非常明确才可以，那就是：做这件事不是为了名利，也不是为了自我满足，而是只能来自那份纯净和空无。

直到有一天，这一点终于澄澈无比，就有了这个公众号的面世。

正如简介中所说的那样，她的存在，是为了探索以及述说关于这个世界，以及超越这个世界的真相。

这个 / 这些真相，不属于任何人，不依赖于任何人而存在，而是它自己就会有喷涌而出、源源不断的表达。

就像它会表达为，让花会开，让鸟会飞，让风吹草动、斗转星移，让万物生长、四季交替。

就像生命本身就是意义，一种与任何人、与任何个人看法、与人赋予它的意义无关的意义。闻闻那些花儿，抱抱那些树，让阳光洒在脸上，看雪花落在肩膀，到草地上、雪地里打个滚，这本身当中就有生命纯净的喜悦和蓬勃的鲜活，与任何人为赋予的意义无关，生命本身就是美和宇宙智慧最直接的体现。

2018-03-13

新生

从 Sue 的朋友圈以及"Sue 说"里，你只看到了风花雪月、诗情画意，还是，还有因为整个人类迷在世间的游戏里，而写就的一部血泪史？

每个人视若珍宝的自己，自我，自我感，自我中心，即是所有心理痛苦的根源。灵性层面的成功以及对它的追求，跟追求世俗的成功没有什么不同，本质都是世俗的，都是世俗的核心。头脑以为的看到，思想以为的觉醒，直接可以拔得笑话界的头筹，稳坐黑色幽默的头把交椅。人们被思想紧紧禁锢，感知真实的能力几乎丧失殆尽。沉陷黑暗中的挣扎，哪里会知道光明的滋味。只能在臆想中对光明妄加点评。

"应当如何"或者要求本身的本质是虚幻的，并且自带扭曲和败坏关系的性质，只有这些东西不在，才可能有健康自然的关系。这句话并不是在说另一个"应该怎样"，就像说，只有当头脑空无安静的时候，才有可能看见真相，这也不是一个"应当如何"，而只是说，看见真相这件事情只能这么发生。只不过我们看到这句话，就会产生一个对头脑既空且静的期盼或要求，那已经是一种严重的误读了。思想如此对智慧的曲解和误读比比皆是，就像黑暗永远无法懂得光明。

即使身体死去也不能真正从痛苦中解脱。只有从自我中解脱才是真正的解脱。否则就是在延续那个带来无尽痛苦的意识洪流，但无论如何延续的都不是心理上的个体，延续的只是个体也就是"我"这个幻觉。

所以，真正的教育，也就是一起了解自我的真相，意义远远重大于通常所说的那种教育。而洞悉自我真相的那一刻，即是心理世界的清空和归零，也就意味着智慧的降临，冥想的发生。

清零，不只在某个特别的日子，而是在生命的每个瞬间。

从零开始。没有积淀，也就没有负担。

清零，即死去，即新生，璀璨如虹。

活水的源泉

2019-01-03

　　你也许会觉得"Sue 说"里有些重复的地方，像是老生常谈，但实际上并非如此。某个主题或某些内容确实有反复谈到，虽然表面上看起来有类似的地方，有范畴的重合，但那并不是真正的重复，而只是在交流中自然流淌的表达的如实记录，没有刻意要表达什么，所以这里所有的文字和对话都只是一种极为自然的水到渠成的呈现。就像一条河在不

停地向前奔流，你也许不会发现这一秒和下一秒的河水有什么不同，但它就是在那样自然地流淌，而且这一秒和下一秒的河水也确实不同。又或者，就像一座不停喷涌的永不枯竭的喷泉，每一刻汩汩流淌的都是从不相同的新鲜活水。

此外，你也可能觉得这里边说的内容太抽象，而且也太难了。但是，如果真的开始观察自己，你就会发现这里说的其实就是我们每个人内心每时每刻发生着的事实，具体而又生动。另外，觉得难很可能是因为我们想达到什么，但是如果只是对这些问题感兴趣，对于内心世界的真相有热情，那么就会一直探索下去，不会轻言放弃。

再补充一点，有朋友问那个"至爱"（出自《与生命对话》中的《至爱》一文）指的究竟是什么，对此的回答是：整个"Sue 说"就是答案。这不是避重就轻，而是因为这实在是一个太过严肃也几乎无法说清的问题。另外，Sue 或者别人的状态真的不重要，如果大家对某个人类共通的问题的真相感兴趣，可以一起探讨。

对智慧的误解

2019-01-09

　　我们大多数人就内心领域或精神层面进行的探索，或者所谓"修行"，逃不过这个目的，那就是希望获得一种智慧，能够让自己在世俗世界里无往不利，要么大富大贵，要么游刃有余。说白了就是希望灵性、物质双丰收。但智慧真的不是做这个用的。那只是一个更加贪婪的欲望罢了，是自我或者思想对生命登峰造极的控制。真正的智慧，是对自我的看清以及消除，而不是用来达成自我期盼的目的。

　　甚至，你是不是还曾经有过这样的感触或者疑问：智慧是不是反而可能在意识洪流的争斗中败下阵来？因为斗争是它既不屑于也不擅长去做的事？还是因为智慧的人太少，所以势单力薄？还是说，其实智慧从未参与意识洪流的斗争，它只是在以自己的方式运作着，虽然也许表面上看起来"处于下风"？

　　智慧不是聪明，智慧也不是思想，两者在完全不同的维度，完全不可同日而语。智慧不具备人类思想具备的那种争抢特质，所以用世俗的眼光来看，在一些具体事务上，智慧看起来像是有时候会"败给"思想，或者说事态的发展似乎是沿着思想的走向，甚至这个混乱但虚幻的意识洪流的存在本身，似乎也是一种佐证。换句话说，以世俗的眼光来看，人类被意识洪流主宰，显然没什么智慧可言，如果说这是一种较量，智慧就是输了。但是，认为存在这样的较量或者输赢，本身就是一种误解，智慧本身并没有这样的纠结或者疑问，它并没有参与任何较量，所以也无所谓输赢，它只是按照自身的运行方式，自然而然地去做需要做的事而已。况且，整个人类及其所处的意识洪流，对整个宇宙或者宇宙的秩序也就是智慧来说，不过是无足轻重的一粒微尘，即便有一天人类真的执迷不悟、自食其果、自取灭亡，那也是宇宙智慧的一部分，虽然对人类自身来说意义或感受会完全不同。

所以，我们以为智慧会让我们目前熟悉的这种生活变得完美，这可能是对智慧的一个天大的误会。智慧也许可以给这个世界带来爱、美和慈悲，但绝不是一个头脑或者自我所能构想出的那种完美。

自由无关任何主义

2019-01-12

自由跟任何主义都无关，而且正相反，只有卸下所有意识形态的负担，才可能有自由。

正是因为我们脑子里装了太多的理论体系或智性认识，无论是取自于佛教还是克还是别的什么，导致了我们直接去看一件事的真相的可能或者空间变得非常稀少，这些背景成为了最直接的障碍。我们不知道，理论上懂、理通或者理性认识，跟直接看到完全不同，不仅完全不同，而且通常直接成为看清的障碍。也就是说，我们关于内心或精神领域的问题形成或抱有的所有看法和认识，就是思想进入内心领域的典型表现，它们直接成为了看清或洞察的障碍。

就像虽然《方法》（收录于《与生命对话》一书中）这篇文章里反复在说，可我们还是很难看清内心领域方法的实质，或者不知道思想在内心或者精神领域是没有位置的。如果对这个问题感兴趣，可以结合下面几篇对话，来看看这个越位是不是我们内心或关系中所有问题的根源。

自由无关任何主义 119

你其实不想要自由

2019-01-14

　　有没有想过，其实你并不真正想要自由，或者你并不想要真正的自由，尽管可能口口声声主张自由，甚至要为所谓的"自由"而战。因为这个"你"自身，就是本性局限的思想，思想从不知自由为何物。局限不懂得自由，它才不想要自由，因为自由的出现，本身就意味着无限开放的广袤空间，意味着局限的戛然而止、局限的消失、局限的不复存在，而思想才不希望自己止息，它希望自己千秋万代永垂不朽。它就是通过一刻不停地插手人类的内心层面或关系领域，获得了持续不断甚至日益增强的重要性，让人类陷入无休止的时间锁链、因果循环，让自己得以绵延统治人类数千年。

　　所以，我们有没有可能了解那个看起来拥有着思想、使用着思想的"我"，究竟是什么？那个看起来很真实、感觉起来很宝贝的"我"，有没有可能是迷惑并控制着我们每一个人、让我们不得自由的一个错觉，本质只是思想的一个意识内容、一个核心概念？

造化弄人

　　思想或意识内容，也就是语言文字或概念本身，以及由它们所组成的一切，也就是存在于我们脑子里的一切，包括记忆、经验、知识、想法、观点、结论、信念等等，作为一种无质量无体积的抽象符号或者信息，是无法单独存在的。它必须有一个物质载体，这个载体无论是一些线条、一段电波还是一张纸，同时它还需要一个生成或接收然后处理并发送那些信息的类似于调制解调的过程以及工具，这个工具就是人脑以及人脑的各种造物，比如仪器。

　　实质是意象也就是抽象符号的思想或语言文字，本来最初只是用来交流和沟通的只有指代作用的技术工具，但是当其中出现"这些意象或者抽象符号及其内容具有额外的重要性，必须加以保护，或者必须得到贯彻执行"，这样一个本质还是意象或抽象符号的内容，从而建立起一个心理王国，人类就全乱了，或者说就走上了歧路。由于人脑具有发达的抽象思考功能，这些信息也就具有了无限衍生自身内容的特性或能力，出现那样一个内容的信息也属在所难免。从概念这个最初的基本单元中衍生出了不计其数的思想或者意识内容，让人眼花缭乱，沉醉于、迷失于那些具体内容中，完全忘却或者忽视了思想或意识内容这个整体的抽象性或虚幻性。

　　于是这些内容的信息就通过物质载体主宰了或者主导了整个人类的

生活。这些本质抽象也就是虚幻的信息及其内容，塑造了或者决定了作为载体以及调制解调器的人的所有感知，也就是对整个世界的感受和认识，也塑造了人与人之间的关系，形成了几千年来以及如今的整个人类社会。如今整个世界的社会形态或关系形态，就是人类的思想加上动物性的占有本能，或者说是披上了文明的外衣被思想无限复杂化了的动物性占有本能的呈现。所以才说人类自有史以来，在心理上并没有发生真正的进化，人类依然野蛮如初。同时，由于思想这个本质虚幻但极具破坏性的因素的加入，人类早已失去了动物界或大自然具有的那种纯粹的能量和秩序，真可谓"造化弄人"。

人类的大脑是同一个，或者说人类的大脑汲取信息的数据库是同一个，只是每一个个体生命在执行其中看起来各不相同的信息内容也就是指令而已，外化到表面就是千差万别的个体行为。但是所有表面上千差万别的个体行为都服务于或受控于同一个信息库，也就是那条充斥着幻觉、本质虚幻的意识洪流。这条意识洪流像极了一个无形的黑洞，引力无穷大，吞噬着全人类的精气神乃至生命。

生而为人的使命，就是看清弥漫着、主宰着我们每个人的生活以及整个世界的那份虚幻，并从中解脱出来，活出人类真正的独特性，与那浩瀚无垠的存在复归一体，成为一个美丽且真正意义上的智慧生命。

寂静之声

2019-02-06'

那是一个大院儿

在春节这个几乎万人空巷的最为特殊的节日里

身处其中，有一种极为强烈的静谧感

地上的一片枯叶

在北风的吹动下与地面厮磨

发出断续的唰唰的响声

更衬托出那份令人怦然心动的安静

开阔的高檐下悬挂着颜色喜庆的大红灯笼

灯笼下齐刷刷的黄色流苏

在阳光照耀下闪着金光随风飘动

像极了一排排应声而舞浑然忘我的芭蕾舞者

和舞的乐声则来自鹊与雀的叽喳不停

两侧青松墨绿的簇簇针叶，也随风轻轻摇曳

像是陶醉于乐声和舞姿不能自己的观众

安坐其中，没有界限感

有一种强烈的持续涌动的饱满的东西溢满心胸

即便驱车驶出了大院儿

它依然充溢弥漫，久久不散

空无一物，空旷无边，遍及四野

却又极为浓烈，无可化解

思想凋零，绽放了整个生命

2019-02-09

人类共同的悲剧，就在于思想成为了生命的权威。

心理恐惧，这个人类内心的痼疾，无一不是来自观念、想法、投射、预期，而这些统统在思想的范围里。

人被自己意识的内容深深迷惑，就像被海妖塞壬的声音牢牢吸摄。

只有乘着无法计速也就是迅捷无比的觉察，才可能从那引力无限的黑洞中逃脱。

每个人都以为自己想法的内容相当独特，不知道其实来自同一口锅。

从锅中尝到的感受或味道确有不同，就是这种表面上的差异被抽象成了心理上的个体，一个被异常珍视的东西，那个"我"和那个"你"。

这个一直被珍视的东西可没那么容易放手，所以那些让我们一时间满意的答案或说法，比如"我只是思想而已"，完全没有什么意义。

丢掉道听途说，我们得亲自看看这个世界除了思想或者头脑告诉我们的那些，究竟是什么样的。

真相不是不说话，而是我们视而不见，听而不闻，所以才说观察和倾听是多么重要。

观察，倾听，心无旁骛，是一份点亮你生命的神奇礼物。

那需要一种不遗余力、不计结果的勤奋，而这勤奋，与其说是一种素质，不如说是一种能力，甚至是一种天分。

毕竟，唯有思想凋零，才能绽放生命。

面对痛苦

2019-02-21

生活中遇到一些事，我们经常会产生一些反应，比如痛苦，比如愤怒，这时首先不要压抑或漠视自己的情绪，当然也不是要把它合理化。出现了情绪，需要的是面对和了解，才不会继续埋下痛苦的种子。

无论出现什么精神状态、什么情绪反应，都没什么应该不应该，发生了就是发生了，关键是面对，然后才可能找到它们产生的根源。不需要坚持什么，对发生的不抗拒就好，是什么就让它来。心里有愤怒就是有愤怒，先别说愤怒应不应该，先面对实际的感受，面对，它就不会成为进一步的困扰。也就是说，最首先也最关键的那一点就是，无论发生什么，它只是发生了，没有什么应该不应该，你就会一下子从一项巨大的限制下解放出来，进而释放出很多了解的空间。

别相信任何结论，比如说自己很失败，警惕所有的标签和"应该"。除去看法、结论和标签，事实其实很简单。首要两点：事实为王，不伤害自己的身体。而所有的"应该怎样"都是健康的死敌，首先威胁和伤害的就是身体健康。看看心里有什么"应该怎样"，或者对自己的要求，看到一个扔掉一个，让所有的"应该怎样"去死，别让它们伤害自己的身体。放不下如果是现实，就面对，说自己应该放下也没用，别人的建议听多了做不到反而更麻烦，还是要回到自身。"应该怎样"不仅没用，而且会增加内心的冲突跟混乱。心里疼就是疼，面对这个现实，面对就不会有后遗症，逃避才会有。也不用着急否定自我，说这些都是自我的活动，自我在活动也是事实，首先还是要了解它的活动，自我首先需要的也是了解。

也就是说，当痛苦出现，有没有可能不抗拒此刻的痛苦？面对痛苦，体会，一猛子扎进去，看看会怎样。痛苦最需要的是面对，然后才可能去看一看它来自哪里。痛苦之所以会成为问题，甚至会加剧，是因为我们总想减轻它，消灭它，要么把它合理化，而不是面对它。一头扎进痛苦里，对它什么也不做，看看它是不是还那么可怕。当你直面，不再逃避，你会发现它就像一个鬼影见到了阳光一样，不再造成恐惧，甚至早已消失于无形，而且，之前被痛苦裹挟的巨大能量，也早已转化成了足以洞穿以及烧掉虚假的巨大热情。

自欺

2019-02-26'

　　人类，假如真要膜拜神明，就应该膜拜每一株花草，每一个细胞，每一个生物，每一缕阳光，每一丝风雨……因为它们跟那个浩瀚的生命就是一体，且来看看你如何叩头如捣米。于是，我们就用脑子臆造出一堆假神明，来偷梁换柱，自欺欺人。

　　坚贞不渝、海枯石烂，也只是头脑一厢情愿的妄想。只有思想退位、拥抱变化，才可能有一份恒久常新的感情，而且也不会抗拒这份感情可能发生的任何变数，包括结束。这份永远新鲜的感情，可能指向同一个对象，也可能不是，外在的形式完全不是重点。可我们却捏造出一个千古传颂的坚贞不渝，把对自己和他人的迫害硬生生弄得不容辩驳、有理有据。

查明真相、探索真理，确实需要孑然独立，那是一种精神上的无所凭依。然而，当你离开人群独处，有没有可能反而是在依赖一种形式上的单独？那是不是一种更有欺骗性的依赖，或者一种形式更加微妙的自我彰显？

我们心里需要对某件事情有一个说法、一个解释、一个结论，没有这样一个东西就觉得不踏实、没着落。也就是说，一个说法、一个解释、一个结论，能够给我们带来安全感、舒适感。可是，结论类的东西能给我们带来安全感，这究竟是怎么回事？何必用一种虚假的安全感来自欺？需要这种安全感的我们，又是个什么东西？

欺骗和自欺本质上都是一个目的：确立和保护自我，达成自我的目的，尽管外在形式或相对的严重程度看起来确有差别，就像在一个想法下去杀人还是自杀还是积郁成疾郁郁而终，表面上是有很大不同。另外就是欺骗或自欺是有意识的，还是下意识或无意识的，这一点上也可能有所不同，但无疑也都是被意识内容所诓骗、所驱动。

心理上所有的"应该怎样"，都是健康身体和健康关系的死敌，却被我们奉为圭臬。人世间所有的痛苦，都源于被脑子里的想法深深攫住，沉迷不知归路，一头扎进世间的故事，这个看起来无比真实的幻梦里，酿成无数事故。

那，为何不停止这种自欺，从幻境醒来？

生命才刚刚开始

2019-08-12

　　除去了名利二字，生活不要太简单。

　　而生命，才刚刚开始。

　　生活在心理时间中，就是生活在惶惶不可终日中。

　　大脑这个非凡的工具，只是让人人都成为了戏精，深陷虚假的角色，却制造着真实的痛苦，不是不可惜的。

　　而做一件倾心所爱的事本身感到的喜悦，岂是通过它功成名就之后得来的快乐所能比拟，又岂是擅长造戏的头脑所能企及。

　　清晰，热情，平静，且无论如何不会有一丝动摇，因为，那不是观点。

　　尽管可以很认真，甚至可以很严肃，但那股从心底泛起、从骨缝溢出的喜悦，再也不会消逝。

毫无留恋的爱

2019-03-22

  所谓的"需要安全感"，或者有强烈的心理需求，无非就是被思想控制得牢固而已。因为控制得牢，所以稍微一质疑，很可能就会引起强烈的生理反应。也就是剧情的抓取，角色的代入，被意识内容牢牢掌控。我们看不见事实，只是因为长久以来被思想的内容深深蒙骗、牢牢控制，无法面对也不愿意去面对那个即使是铁一般的现实。

那些反应或情绪的存在也确实会消耗我们，让我们感觉状态低落、能量匮乏，这也是时常发生的情况。同样，发生了就是发生了，抛开不切实际的期待跟幻想，面对那些情绪，面对自己的低落，同时注意观察自己，留心发现那些消耗自己的想法，不让它们继续得逞，试试看，你的精力或力量也许很快就能得到恢复。

　　无所依凭，不被任何角色设定，才有满溢的喜悦，才是真正的安全。

　　就像阳光洒向大地万物一样遍及的爱。

　　因为太爱，所以没有一丝留恋。因为真正的爱里没有一丝执着，没有任何挂碍。

　　还是那种慈悲的漠然，一种看似无情的真有情。智慧的这个特性，用的是一对字面上看似矛盾的表达，足以令头脑抓狂。所以，还是把眼光收回来，从了解现实开始。

越位的思想里，即存在恶意

自我是邪恶的，也就是说，越位的思想是邪恶的。越位的思想里，即存在恶意。

生活中除了那些身体上的、外在的显而易见的暴力之外，另外一种更加微妙也更加邪恶的暴力，就是口头上、言语上或者头脑里、

思想里包含的暴力跟恶意。那是一种虽然难以察觉但是更加直接的暴力，伤人于无形，甚至杀人于无形，是一种赤裸裸的暴力。而这种暴力却受到很多人的追随甚至追捧，或者说很多人就是内心有被权威、被暴力的需要，就像那些希特勒的追随者一样。换句话说，人身上是有这种需要被奴役的奴性存在的，这也是暴力之所以能够施行的根源。究其本质就是，人的思想对于这种坚定而明确甚至决绝的东西，主要就是论断跟结论，是有一种趋之若鹜的本性的，那些东西是思想里的中流砥柱。

说到底就是思想以思想为权威，这跟思想造出一个"我"是同一种性质的做法。而这种被奴役、被暴力、被权威的奴性，又随时都会转化成对他人的暴力，被暴力者随时都可能会转化为施暴者。

思想一己分饰权威跟奴才两角，就奴役了全人类。

那些身心灵市场上的自我觉察课程

2019-04-1

如今的身心灵市场上有一种"自我觉察"课程，教你如何进行正确的觉察，如何做一个合格的甚至是优秀的观察者，我们也经常看到有人提倡平时多做"自我觉察"，我们自己也时常提醒自己甚至要求自己去觉察。这种做法看起来是在进行某种有益的实践，起码是在做一个浅层觉察的尝试，但是，它的实质毫无疑问是一种有观察者的观察。当然了，头脑也只会用这种方式来提倡和练习"觉察"。这种做法看起来只是停留在了觉察的浅层，不深挖本质和根源的问题，但实际上远远不是深浅的问题，而是从一开始就承认了或者加强了观察者存在的真实性，实际上是在强化那种实际是所有问题根源的分裂。

当我们说我们知道"我"的本质，但还是用这种方式来提倡觉察的话，只能说我们的"知道"顶多是头脑上的知道，否则根本不可能采用这种

提倡和推广的方式。所以说这种做法完全不是一个觉察的层次深浅的问题，而是从一开始就认定了观察者的真实性和正当性，也是一个把觉察方法化、工具化、思想化、时间化的过程，毕竟，是谁在倡导做觉察，又是谁在主动做觉察？所以说我们哪里认识到"我"的本质了？

一个人可以用"我是虚幻的"这个念头来催眠自己，但实际上他所有的做法还是会抑制不住从一个自我真实存在的基础上做出来。而催眠的实质就是让一个想法强行进入意识，接受那个想法或对那个想法信以为真。被"我是虚幻的"这个想法催眠，跟看到"我是虚幻的"这个事实或真相，本身就是本质上完全不同的两件事，出来的行为自然也是完全不同的。为了消除自我去主动做什么或者倡导什么，实际上只是自我的伎俩，其结果只会加强自我。

换句话说，我们也许从理论上或道理上清楚了"自我是虚幻的"，就以为自己看到了这个事实，并以此为基础开始行动。但是，唯独在内心探索这个领域，理论上清楚真不是什么好事情，恰恰相反，那个道理通常反而会成为直接看到真相的障碍，成为一种内心的噪音，一个非常难以逾越的障碍。因为在看清真相的过程中，头脑的安静尤为重要，倘若还有思想的声音或者活动，哪怕只有那么一丝活动，比如"自我是虚幻的"，比如"我要觉察"，都会直接导致无法看清。

苦源于幻

2019-04-08

　　世间的每一个人都不过是迷中人，梦中人，幻中人，黑暗中人，因而是苦中人。

　　我们在万事万物中寻找规律，用头脑把它总结出来并加以运用，这本质上是一种求取安全的做法。自然科学领域从这个角度入手去探索或研究，没什么问题，但是到了内心领域或心理层面就不太一样了，或者就不一定适用了。科技领域"分析、归纳、总结、应用"或者"假设、验证、修正、再验证"的套路在内心领域的问题或事情上，很可能不仅无益反而有害。在内心领域的问题上，也许需要一种完全不同的方式。

　　然而在内心或关系领域，我们依旧采用了同样的方式来处理，于是产生了很多思想性的东西，并把它们作为行事的首要依据，一种虚幻的东西得以进驻继而掌控，于是引发了五花八门甚至截然不同的各种感受。比如其中一种是舒适感、安全感，另一种是不适感、焦虑感，取决于某个结论是不是我们需要的或事先设定了想要的，或者某个期待与事实比对的结果如何。

　　这些思想性的东西和感受之间的关系需要非常细致的观察，才可能发现是什么牵动了我们的喜怒哀乐、爱恨情仇，以及那个牵动者的性质如何，它的虚实真假。我们通常正是因为内心隐含了某些结论或期待才会产生反应。如果事情的发生跟我们预设的期待差别不大或基本吻合，没有造成某种干扰，我们通常就不会太在意，或者不会起太大反应，而这实际上也是一种不敏感，没有敏感地发现思想也在其中起着某种作用。思想在这个领域的作用，简而言之，就是建立了一个异于现实的抽象世界，通过积累制造了心理上的个体感，制造了自我感，制造了心理上的人我之分，从而制造了无尽的冲突和痛苦。

在现实生活中，事务上的行动或决策，确实只能根据现有已知的信息，没有人是全知全能，关键是里边有没有自我感这类东西在作祟。事实记忆也是记忆，只是没有意象、自我感、占有欲之类心理因素的干扰，同时也知道事实记忆或知识也是有限的，只不过具体事务总有个决策依据，也就是思想有它在事务性工作领域作为工具的有限地位。就像说，你知道那个人过去偷过东西，这是一个事实记忆，但是在重新了解这个人的过程中，可以排除这个记忆的心理干扰。

而我们通常的看法或记忆里面就是有各种应该不应该、各种印象、各种倾向，从而引发各种反应，这些心理因素的干扰，就是思想在这个领域所起作用最直接的体现。排除了思想在这个领域的作用，就排除了所有的应该不应该、倾向以及反应，也就排除了各种痛苦和冲突，事情于是变得单纯无比，也清晰无比。只不过这个排除无法从正面做到，只有透彻地认清思想的局限性以及在这个领域的致幻及破坏作用，思想自然退出，一切才能自然而然回归清晰和清醒。

而这种清明，即是从幻境中解脱，也就断除了苦难的根源。

就待在唯一真实的此刻，哪儿也不去，便是至福。

剧情如梦

2019-04-27

梦是我们醒着的时候一直在下意识进行的一种活动在睡着时的延续，思想内容是造梦的素材，思想活动是造梦的机器。梦的意义也许就在于提醒我们，醒着的时候我们也在做梦，活在记忆经验里，无异于活在梦里。

我们对头脑中虚构的故事以及故事中的主人公"我"信以为真，就有了人世间的所有苦痛。换句话说就是，我们都在做白日梦。用"剧中人"这个比方来比喻"我"，还是挺贴切的，在剧中这个"我"可以有各种想法、各种行为，但是这个"我"跟这部剧本身，都是思想编造出来的，都是思想的造物，或者都是思想内容。思想自编自导自演，拖累的是这条命，或者所有生命。

思想真是个密不透风的东西，人困在里边，就像是进了一座迷宫，迂回了千万年还是转不出来，处处折戟沉沙。遍地都是泛滥成灾的思想，还有被思想淹没浸透的生命。

说思想在残害人类，真是一点儿都不为过，简直哀鸿遍野。连羡慕当中都隐藏着一种恶意，一种恨，连爱都变成了占有，变成了施暴的借口。

面对这部剧，这场梦，这座迷宫，质疑精神是多么重要，可又是多么稀少。

清醒过来，让过去的一切都失去重量，生命才能焕发出它真正的活力、光彩跟意义。

在一起

2019-05-16

一个人若是善于为自己打算，通常会被认为那就是精明，是聪明，但那其实是一种本质上的愚蠢，因为他悉心呵护以及竭力维持的，是一个并不真实存在的东西。同时那也是一种最直接的隔离，直接导致了这个世界的岌岌可危，分崩离析。

精神上的贫穷恰恰表现为想象过剩，想法过多。

被思想充塞，内心就变成了一片荒芜贫瘠的无边沙漠。

思想捏造出再多的意义，也无法浇灌这片荒漠开出生命的花朵，而只会繁殖出更多缘木求鱼的绝望跟饥渴。

谨慎地质疑，不再对思想言听计从，就是自由的开始，智慧的开始。

看清那些最底层的事实，一种整体性的智慧开始运作，才会有正确的行动和正确的生活方式。

摘掉你的人肉 VR 眼镜，才能真正开始生活。

你可以成为大地之盐，成为世间的中流砥柱，这份责任无法假手他人。

我爱你，哪怕你依然身处黑暗，但这个世界亟需更多光明。

那根定海神针，得你自己来做才行。

因为，世上每个人的关系，都是一种本质上的同舟共济。

而探索当中的在一起，的确是一种极难传达也无法主动达成的微妙状态，不仅和事实在一起，我们彼此也在一起，既相互独立，却又像是一个人。

完全没有观点之争，而是一起去看一件事情的真相，倾听的同时也在观察，倾听和观察同时发生，聚在一起探索和交流的意义，才能体现到尽致淋漓。

其中并没有认同。

即使是肯定式的表达，里面也充满了否定意味，一种并非头脑层面也非观念性质的否定，而是对自我或思想活动并非主动而为的敏感、看清同时扫除。

所有这一切，全凭热爱指引，丝毫没有费力。

附录来自 TFT 第一次同学会的感触，以及无论有没有同学会都一直在的那些品质：

严肃，活泼，开放，平等，认真，警觉，质疑，倾听，融合，热情，安静，轻松，深入浅出，亲切和谐，自由自在又自然有序，有一种天然质朴的谦卑，一群人就像一个人，乃至只有问题没有人，整个过程就是大家一起在冥想、净化、清理和疗愈在欢欣中悄然发生，一场奇妙的对自我、对思想的探索之旅，一种真正的在一起的学习，不是为自己，而是远远更为广阔的生命。当你对上述每一个字都有强烈而又深刻的切身体会，不可思议的事真的会发生。

心理问题的核心根源就一个，我我我

2019-05-27

是日，雨，暂时驱散了初夏突如其来的燠热。

　　个人的生活状态，乃至整个社会的现况，都由我们每个人亲手打造。人类所有的心理问题乃至社会问题，都源于我们太自我或太自私。而想要消除自我或者变得不自私，依然是自我的诉求，自私的想法。

　　很多看似难解的心理痼疾，比如抑郁的形成，我们通常会归咎于严酷的成长背景或人际环境。那些因素确有影响，但根本症结所在，其实只是我们顽固的自我中心，无非是整天想着自己，无论这个自己被认为多么美好或多么龌龊，核心就是一个，我我我。倘若发现我根本不重要，这个我甚至连真实性都没有，想抑郁，想空虚，着实不易，简直难于上青天。

　　这个发现，不是结论，不是观点，而是一个铁一般的事实，只是全人类久远以来被"我"这个神一般的信念所蒙蔽、所欺骗，于是无法得见。而要发现这个事实，就需要从头开始质疑"我"这个统治着全人类进而带来无尽苦难的核心信念，它究竟来自哪里，它实际是个什么东西。而所有以"我"真实存在为基础的宗教、哲学、心理学乃至艺术，只会让人类在歧路上越走越远……

从欲望中解脱，生活才能真正脱离无趣，恢复鲜活

2019-06-20

今年的六月还真是友好，早上清风怡人。

也处处可见被烈日染上冰霜，又抑或更加火热的伊人。

正午时分，懒懒注视那些高过屋顶在阳光下闪闪发亮的叶，真是好看呀。风吹过，枝条或微微颤动，或欢快舞动，让静谧愈发浓烈，令人心动。那绿色真是能够让人化去的。

及至傍晚，风吹竹叶晃，有粉橙的云，在粉蓝的天。

夜渐深，空气真好，又凉爽，星星清晰可见，狮子座的轩辕十四，牧夫座的大角，天琴座的织女星，还有大小熊星座的北斗七星和北极星……仰头还能防治颈椎病。

不让腐朽在你心中累积，这便是童真的奥秘。

我们以为的意识主体，也就是"我"，我们的自己，其实只是一个意识内容而已，也就是说，它只是意识当中的一个内容。意识只是生命存活时一个自然的功能而已，这个功能运行时会生成或反映出一些内容，也就是意识内容，但存在的只有内容，并没有一个主体。

看不清，或者不了解这个真相就会困惑。以虚假为基础，无论如何

也去不到真实。入幻即入梦。梦游般的生活，哪有智慧可言。被观念所控，生活就成了一场战争，生命的美好跟对生命的热爱早已荡然无存。而直面，是走出困境的开始，无论现实有多么不堪。

只要内心还有欲望，或者只要内心还有空洞，就会被钻空子。这就是思想的狡猾甚至邪恶之处，因为空洞的产生、钻与被钻的过程，都是思想将生命玩弄于股掌之上的娴熟把戏，予取予求，乃至生杀予夺。相对于思想的真相而言，这样的表达已经是轻描淡写了。而从欲望中解脱，不再做欲望的奴隶，远远不是没有乐趣，恰恰相反，那时候生活才是旖旎无边的美丽跟狂喜。

美

This red, so pure, so intense, so rich, so bright, so lucid, so brilliant, so incredible, so indescribable...

这个红，简直太纯净，太饱满，太热烈，太明亮，太清澈，太不可思议，太无法言喻……

真实，有令人震撼的美。

厚厚的云层，偶尔会现出一抹沁心的狭长的蓝，倏忽又不见，像是天空瞬间被撕开，又迅速被弥合的一道道裂缝。

震撼，可以来得那么简单，那么突然，又那么美轮美奂。

一股再也盛不下的张力，简直喷薄而出。那种满溢，让你不得不停下手头的一切，静静让它爆发，任由它激起一阵阵不由自主的战栗。

大自然或宇宙的秩序，不是用语言文字或思想表达的一条条信息所能总结和概括的，思想或头脑试图把这种秩序用一条条信息的方式收入自己囊中，那是一种妄想，失去了对那种秩序的广袤无边的感知和敬畏，同时又随意衍生甚至编造，于是犯下了那个最致命的错误。

有一种跟任何观念都无关的价值，那就是发现所有事物恰当的位置或真实的价值，比如已经成为人类生活的统治者的思想，它恰当的位置在哪里或实际的价值是什么。

你有没有赋予任何一个想法（而非事实）以真实性或重要性？对于"自我真实存在且无比重要"的相信或抱持，实际上是对思想的盲从和盲信。下意识也是思想的故意，只是非常隐蔽而已。探索中对道路的依凭，本质上只是在追求安全感，所以依然被思想所控。而真相／真理，无论如何都无法被思想或头脑所规划、所设计。思想设下了连环套，陷在其中，人类就如同井底之蛙、瓮中之鳖。

然而，这个困局并非无解，因为每一环都具有同样的构造或性质，真正解开了其中一环，也就解开了所有。门不叩自开，那便是自由。

疑

2019-07-13

今早的天空是一种温柔浅淡的蓝，没有一丝云。一早分外聒噪的，是一群灰喜鹊，不停地从一棵树飞到另一棵树，追逐嬉戏。清爽的微风里，已变金黄的片片柳叶，旋舞着从树上坠下，在空中留下曼妙婀娜的修长身姿。

这盛夏的晨风竟有些许冷意。

倏尔一只麻雀在你眼前箭一般穿行而过，小小的身躯里也充溢着张力，又间或有另一对追逐着上下翻飞，翅膀的痕迹是两条起起伏伏的曲线，却须臾不离。透过青翠的草地，摇晃的树叶，婆娑的树影，还有不绝于耳的各色鸟鸣，你真切地感受到这世界有某种远远更为广阔的东西。

人要怎么样才能明白，思想真的是非常狭小的一个领域？人最大的麻烦就在于根本意识不到自己活在了思想的世界里，更不用说认识到这个世界只是一个狭小的圈圈。

所以，"怀疑有如草木之芽，从真理之根萌发"，简直一语中的。

对内心发生的一切，毫无评判地去看、去了解，不再覆上任何一个现存已有的看法或观念，你都不知道那已经是一种多大的自由，这份最初的自由又是多么难能可贵。

概念并非所指之物，所以不重要，这一点说出来简单，但是真的深刻认识到，非常不容易，对这点有深刻体会就几近于解脱了，因为那就意味着所有的意识内容都不再重要。

思想的表达，其内容和实质依然是思想，指向的也是思想，跟智慧的表达完全不同。思想的内容是一种虚幻的实在，智慧的表达指向的则是真实的空无。所以，即使自我擅长在自己眼睛上蒙一片树叶，玩儿"我不见了"的游戏，但那股思想的味道无论如何都会抑制不住地弥散出来，泄露自我的秘密。

无评判，无选择，无期盼，心理上没有明天，在活着的时候就死去，才能体验生命事实上的一体，融合无碍，却毫不依赖，全无割裂，却孑然独立。

因为在所有感官接收到的刺激或信息之外，还有某种远远更为广大的存在，悸动，充溢，无边无际，透过花花微翕的星目，展向无极。

归来

越来越发现，在哪里都一样，都是恒久常新、独一无二、饱满充溢的喜悦的空无。

一旦你爱上"了解自己"这件事，无聊便不会再光顾，即使一个不小心偶尔又出现无聊的情况，那也是一件可以饶有兴致地去看、去了解的事，所以不会再有真正的无聊。

念头愈发稀疏。

思考 / 想，跟看 / 观察 / 倾听 / 共处 / 体会，真的有大不同。思考、想会让大脑乃至全身紧缩，空间变得狭小，而观察和共处，会产生一种有弹性、有空间、界限消融的放松。

思想白热化的交锋，那不叫真实，那只是虚假与虚假的对撞，永远无法触及真实。

唯有那份"真"的品质，像是一颗种子，在适合的土壤中自会萌发。

让它茁壮，活得像个生命，而不是做思想浸泡出、腌制出的标本。

一个人走在水边，雨点打在伞上簌簌作响，落在水面画出圈圈，几只水鸟悠游而过，那份静谧，是任何头脑都无法触及的狂喜跟圆满。

云真好看，让你完全舍不得合眼。平面的照片，丝毫反映不出那远则浓密近则稀薄、相互间还有位移穿梭的云的层峦，还有虽然浅淡但清澈到足以让你化去的蓝。

不是你在看云，而是你穿梭在云端，你就是那片云，那朵云，那团云，那丝云，那抹云，那连绵的云。你就是那虚空，爆发着能量的虚空。充溢心中又遍及四野的狂喜，当真无以比拟。你再不知匮乏为何物。

在没有分隔的感知里，这个世界既是浓墨重彩，又是云淡风轻。

在哪里都一样，都是毫无差别却又全然不同的喜悦。

而生灵，无论生死，都可以有动人的美。

在世间，却不属于它

2019-08-25

　　这是一种非常新鲜的新鲜感，没有陌生带来的刺激，而是无论何处都一样地熟悉，没有隔离感。

　　没有距离，但又不属于那里。

　　在这个物质和娱乐都高度发达、民主法制相对完善的国度里，人们是不是就真的快乐？随处可见被物欲驱使着营养过剩、膨胀无度的身体，刺激的消遣也未见得让心底的喜悦更加充溢，虽然迎面走来的寒暄里常常有温和浅淡的善意。

　　思想占据主导，暴力便成为了必然，无论隐还是显。

　　俗世生活自带一种令人窒息的 narrow（狭隘）特质。

　　被信念紧紧攫住的人，已经死了。

　　那个安逸的水池里，注满了福尔马林。

而清醒地活着，并不是要有服务于自我的精明算计，而是恰恰相反，因为让人混沌的，只有自我。

回到原点，重新开始，才有最初的自由。

从已知中解脱，才算是珍惜生命。

这个世界再无法引起你任何深刻的不安。

多么喜欢一个人，无论在多么安静抑或多么喧闹的环境里，孑然独立。

受伤，自怜，是因为心智不健全

2019-08-27

　　与我们通常的认识相反，不是因为受了伤，心智才不健全的，正相反，恰恰是因为心智不健全，才会受伤。

　　换言之，受伤是心智不健全的表现和必然结果。心理伤害得以发生的机制当中有着怎样以幻为真却又流行于世的愚昧、扭曲甚至病态，于每个人而言其实都熟悉无比，因为我们就身处其中，只不过从不质疑所以浑然不觉。但是只要深深质疑下去，便足以让你错愕到大跌眼镜，倘若你能窥见那个最底层的核心真相，看清人类千万年来是如何走在了错误的方向。

　　也因此，摆脱受过的伤以及再受伤的可能，别无他路，只有重新认真审视受伤这件事。

　　也就是透彻地认识自我，了解自己，看看这个被所有人视若珍宝从而引起杀伐无数的自己，究竟是个什么东西。

　　没有"应该怎样"，心一下子就会安静下来。也不会受伤。

　　了解，便有了发生的空档。

那种抗体，无法从觉醒的人的血清中提取

知了真是一种奇妙的动物，寸把的身躯，叫声能响彻整个院落，或起伏交错，或一往无前，不知是否只有这样大鸣大放，才不辜负黑暗中蛰居的七年抑或十七年。

院子里几株栾树的接力也蛮有趣，一株的果荚已是褐黄，一株才嫩绿，还有两株刚刚开出一树金黄的花。

草地上落满了染上了些许绯色、自然成熟的小毛桃，酸涩中竟是有些清甜的。

初秋的清晨，已是凉风习习，阳光一下子温柔了许多，天高云变幻，被称为一年中美如天堂的季节就要来临。

抱持自我的人都是病态的，这是一种泛滥于全人类的疾病。意识洪流淹没之处，就是这种疫病的传染之处。而抗体只来自对思想本质的洞察，对自我的看清。这种抗体、这种免疫力无法从觉醒的人的血清中提取，只能每个人亲力亲为，亲自看清。

于是可以作为一个简单的人，凭一颗不会伤害也不会受伤的赤子之心，行走于世间。那心中的热爱排除了思想, 没有了杂质, 只有赤纯的激情。

　　而一个简单的人活在这个世界上，跟复杂的思想世界互动，从外在看，关系也会显得比较复杂，甚至混乱，但是不能妨碍也没法抹杀那份内心的简单。话说回来，个人经历也并不重要，思想的世界也不会真正懂得思想之外的世界。那颗心的使命，只是不遗余力地拆穿思想散播的谎言，哪怕那已是人类千百年来抱定的看似牢不可破的信念。

有了最初的自由，探索才能真正开始

2019-09-04

"自己对自我认识未必真感兴趣，而可能只是为了解决问题"，这一点可以从两方面来说，一个是，这其实是对我们大多数人了解自我的出发点的一个比较诚恳、比较客观的认识，好过欺骗自己，另一个就是，如果仅仅停留在这个出发点，就真的无法走远了，而且连最初那个解决问题的目的可能也实现不了。

"观察者就是'观察到的'。要观察到什么，就有识别'什么'的活动，其实就是思想在活动了，这活动的思想即是我、观察者。观察到（识别）什么取决于活动着的我、思想内容是什么。所以我与'观察到的'无法分开，不存在分裂。可以这样理解吗？"

通常的观察，也就是有观察者的观察，或者观察者在活动的时候，情况是这样的。而没有观察者的观察或者无选择的觉察发生的时候，也有一个所谓"观察到的"，但是这个时候只是事实本身的呈现罢了。

也许你会觉得这种答疑式的对话，看起来像是在诠释某些话或者做代言人，然而并不是，毕竟真相只是真相，不属于谁，也不存在谁诠释谁、谁代言谁。

同时，我们阅读智慧的表达，只是那些话陪同我们一起去发现真相而已，我们对那些话，既不同意也不反对，既不接受也不拒绝，既不认同也不否定，在亲自看到事实之前不相信也不接受，这就是最初的自由。当然，亲自看到了事实就更加不用相信或者接受什么了。

我们一起探讨的过程也是类似的，放下或者暂时抛开之前对这个问题的所有认识、看法、理解跟经验，从头看起，讨论过程中的主体内容也是交流当时新鲜看到的东西。大家都充分投入，安静倾听，一直紧跟，同时从头看起，认真回应，大家就像是一个人，在看同一个事实，这些因素就必定能产生一场高品质的讨论。

而智慧的表达，完全不是参考现成已有的材料的照本宣科，完全不是来自像辞海一样详尽的一本关于真理或真相的说明书，而是来自空无。

深爱，就一定会痛苦？

2019-09-16`

深爱，为什么一定会痛苦？深爱，难道就一定要痛苦？求而不得的痛苦，失去的痛苦，害怕失去的痛苦，思念的痛苦，牵挂的痛苦，担忧的痛苦，更不用说最常见的占有、嫉妒、依赖的痛苦……

　　是不是那份深爱，会带给你一种短暂的忘我体验，那份几乎冲顶的美好，实在妙不可言，所以印象深刻，想要把它留住或者再次体验的渴望，实在难以遏制，于是开始患得患失？是否，那份喜悦早已被头脑变成记忆，一种以假乱真的快感，不断回味，看起来能带给痛苦中的你一丝喘息的缝隙，实则把你吸入到更幽暗的深渊里？

　　抑或，人类内心有一个根深蒂固的观念，那就是深爱就必然介意各种ABCD，或者既然定位为某某关系，就无法不介意？殊不知，观念就是一只只榨干人的精气神的吸血鬼，而无法框定的关系才是真正的关系。

　　又抑或，这是存在于全人类身上的一种俗称巨婴的幼稚病？巨婴可不只是某一类人，所有心理上有依赖的人，都是巨婴，因为内心不独立，没有成人，换句话说就是，所有抱持自我的人，都是巨婴，有婴儿般的依赖，却没有婴儿般的纯真。

　　深爱，但不介意，是怎样一种奇葩的感情？还是说，那才是一份真正无染也无局限的爱？深爱，有浓厚的关怀，却不占有，不控制，不担忧，不伤心。

　　循着前人（伟人、圣人）的足迹，永远发现不了真相。要发现真相，对生命的好奇、责任和热爱，对了解自我的兴趣，质疑精神，没有动机、没有方向、没有出口的不满，这些都是多么重要的品质，却又完全要求不来也培养不出。思想对人类的围困水泄不通，人类逃出生天的缝隙在哪里？

算命、占星的实质

2019-09-23

作为头脑的把戏，要么窥探过去，要么觊觎未来，唯独不关心现在，同时企图把浩瀚的生命降减为头脑可以计算或者把握的东西，这就是算命。也是人寻找确定性和安全感的表现，否则算命的根本就不会有任何市场。

算命，还有性格测试或者如今时髦的星座血型的研究，都有个特点，那就是总有一些内容会让你觉得特别契合，要不怎么会大行其道呢？因为那些片儿汤话，即使放在全人类身上，十有八九也都是适用的，即便有不吻合的地方，我们也会选择性地视而不见，只重视或者放大那些觉得非常契合的部分。除了确定性，这里面集中体现的是各种差异性或者个体性，这些东西被看重，就构成了自我的内容。所以说，市面上流行的涉及心理层面的东西都是可疑的，几乎没有没毛病的东西，因为它们有一个共同的基础，那就是肯定了"自我"的真实性。以此为基础的推演、延伸，无论多么花巧繁复，甚至精致严密，只会让人类在幻觉的歧路上越走越远。

看清了心理世界的真相，或者至少对这个真相有浓厚且真诚的兴趣，自然会对所有涉及心理方面的东西都比较敏感，或者极其挑剔，因为跟真相背离的东西，就像散发着刺鼻味道的塑料花，再逼真也是假的，完全不会有兴趣花时间去涉及，包括各种哲学、宗教、心理学。对那些东西的研究，跟探索性质的自我了解，有天壤之别，在完全不同的领域，品质完全不同。

"我"是全人类所受的诅咒，就像是贴在了全人类脑门上或者脑子里的一道符。

而这个生命，绝不是作为思想造物的那个字所代表的、所构成的虚幻自我，也绝不是思想或头脑的囊中之物。

趋乐避苦，一个悖论

　　说起来好像人人都趋乐避苦，但其实全人类是对大大小小的苦难上瘾的，就像人会迷恋烟酒这些难吃的东西，或者非常享受爱一个人爱到心痛的感觉，嗑药一般在头脑／思想导演的戏码里浮沉。

　　同时，正是趋乐避苦的心态带来了痛苦，所以才说这四个字本身就是个悖论，因为只要还想趋乐，就根本实现不了避苦。趋乐避苦，意味着想要达成什么或者想要避免什么，于是就直接落入了时间当中，那么痛苦自然就在所难免了。在达成之前，你会一直被囚禁在对现状的不满以及求而不得的悬空和惴惴不安当中，达不成便是直接的失落和沮丧，而一旦达成，在转瞬即逝的快意过后，等待你的要么是烟花易冷的空洞，要么是已成追忆、无法抓握的美丽，于是生起新一轮的追逐，再次落入

2019-09-29

时间把控的轮回中。明明苦乐一体，人类却一直犯着一种自欺欺人的幼
稚病，一边想只取其一，另一边偷偷摸摸地、下意识地沉溺于几近于或
本质就是痛苦的感受带来的刺激当中。

　　质疑一下吧，否则毕生将会暗无天日。同时，自己为这一切负起全
部的责任。这份责任，看起来像是副重担，但同时也蕴含着一种极大的
可能性，责任在自己，也就意味着自己完全有可能拨乱反正，责任在别
人反而会让你无能为力。

　　于是，与人，与事，与物，能否有一种不基于记忆和过往的关系，
从而不再落入时间机械的循环里？那将是一场彻底的变革，也许旁人看
来惊涛骇浪，而你内心里有澎湃活力，却又波澜不兴。

骗子

2019-10-06'

握一盏沉香的白茶细品

时间就像停止了一样

生命现出白兰花一样的质感

晶莹

它本来的样子 让你

不枉此生

对你而言，是否从未存在一种脱离了记忆的感情？

刻骨铭心是否真真离不开观念跟回忆，这一把伤心的利器？

有没有一种跟经历和回忆都无关的深情？

还是说，时间的罗网轻易就将我们所有人牢牢俘获其中？

骗子可不只是人们通常所指的那些含义。当我们说着自己并未亲自看清的"事实"，我们便是骗子与被骗两位一体，俗称"自欺欺人"。我们若是真的看清了心理世界的真相，突变早已发生。

另有一个蒙蔽了全人类成千上万年的最大的骗子，一直逍遥法外，它就是时间，而时间就是思想。思想从自身中分裂出一个思考者、一个"我"，又将生命割裂成苦与乐，让人类在趋乐避苦的惯性里，像一只只荷兰猪一样，耗尽毕生气力蹬着时间的轮子旋转，却在原地纹丝未动，遑论那些显而易见的自我折磨与互相残杀。时间就这样骗去了、偷走了我们的生命。

我们无法再寄望于时间带来改变。若要问人类何时能觉醒，除了现在，再无其他可能。

Now, or Never.

意识主体，一切混乱的罪魁祸首

2019-10-12

　　超出工具地位的思想，就是邪恶的，因为它划下分界，带来痛苦，制造冲突。其中最核心的一点，就是它造出了一个自带分裂性质的意识主体，也就是人人都抱有的那个心理上的"我"。这个意识主体的概念真真是融入血液、浸入骨髓般根深蒂固。殊不知，它不只是所有个人心理问题的肇因，它还是这世上一切混乱的祸首。

　　这个意识主体是否真的存在？一个生命体上产生了某种感受，这种反应被头脑进行抽象识别后贴上一个标签，此时实际只是产生了一个被叫作"酸甜苦辣"或者"喜怒哀乐"的意识内容而已。换句话说，确实存在和出现了某种感受，但一个所谓"感受的主体"是否真的存在？

　　实际上只存在感受，并不存在一个在感受的主体。也就是说，两个生命体上可以产生两种完全不同的感受，比如冷和热，但只是存在冷热这两种感受或者这两种反应而已，并不存在在感受冷热的主体。换句话说，只是这两种不同的感受发生在了两个生命体上面已，并不存在两个精神上或心理上的主体在感受。生命体，并不是精神上或心理上的主体或个体。精神上或心理上的主体感和个体感，都只是头脑或思想的产物而已。

我们对意识主体的存在，之所以如此深信不疑乃至奉为真理，是不是因为我们把意识能力误认成了意识主体，觉得具备意识能力的，就必定是个意识主体？于是把生命或者生命的精髓或核心，顺理成章地就当成了意识主体？

人类的迷思就在于，觉得身体上存在一个个相对独立的个体，就认为心理上也存在一个个相对独立的个体。我们以为一个具有意识能力的生命体，内在就一定有一个意识主体，也就是所谓的"灵魂"，但实际上无论是意识能力，还是这个能力产生的少许必要的意识内容，都只是这个生命应对世界、处理关系的一种工具而已，不需要也不存在一个意识主体。

事实上只有意识能力和意识内容，而没有一个意识主体，这一点也许确实难以领会。生命具有意识能力，中枢神经或者大脑里也确实存储了一些意识内容，但生命本身不是一个意识主体。我们以为存在的那个意识主体其实只是意识当中的一个内容，或者只是意识内容之一而已。也就是说，思想越位，就臆造出了心理上的主体感或个体感。

没有一个意识主体或者没有一个感受的主体，那就意味着我们以为的那种精神上、心理上的划分，根本就不存在，存在的只有一体。也就是你的意识就是全人类的意识，你就是世界，你就是全人类。

因为不只是意识领域，从外在来讲，这个世界中的万物，也本就完全不是分开的，而是以一种人类的头脑完全无法真正理解的方式，联系着，连接着，融合着。

活在真实里，而不是活在极度简化的数据化的信息里。

心理时间，是痛苦的代名词

2019-10-14

时间，无论实质多么虚空，却有着黑洞一样的密度，吸力无穷，多少生命力乃至生命陨落其中。

内心、头脑被思想盘踞，就是活在了时间里，沦为了奴隶。思想不再是工具，而是占山为王，"盘踞"就是这个含义。

时间无法终止恐惧、终止暴力，因为正是时间造成了恐惧、造成了暴力。

心理上只要有一个"应该怎样"，你就是依赖的，你就是暴力的，你就会心怀恐惧。而所有回忆，都自带期待属性，自带了各种"应该怎样"。

心理时间，是痛苦的代名词。心理时间的运作，本身就是痛苦，包括了恐惧，愤怒，焦虑，嫉妒，孤独……

陷入心理时间，要么沉溺过往，要么担忧未来，唯独没有活在现在，连对现在的评判也是一种远离、一种逃避，跟唯一的真实断了联系，白白流失着宝贵的生命力，去追逐一个永远触摸不到也实现不了的海市蜃楼般的悖论。

而空间可以跟思想没有关系。空间不是距离。

没有时间，没有界分，才有无限广阔的空间，生命才可能得以舒展，开始真正地活着，重回健康和谐、灵动柔韧的心与身。

意识一体

2019-10-16'

（本文呼应之前发表的另一篇文章《意识主体，一切混乱的罪魁祸首》）

无论是意识能力还是意识内容，都是全人类共有以及共用同一个。

每个人就像是这个大意识的一个触角或者一个瞭望口一样，用从本质上相同、只有细微差别的方式在认识这个世界，收集这个世界的信息。

如果这个意识当中没有出现意识主体、意识个体或自我感这个东西的话，那这整个意识及其内容即使存在一定的局限性，也是没有问题的，在充分懂得这种局限性的同时，可以调用海量的信息，从整体上综合处理世界上发生的所有事情，不仅不会产生本质上的矛盾和冲突，而且恰恰相反，头脑这个非凡的工具，完全可以让地球宛若天堂。

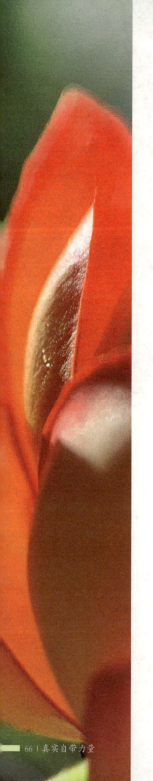

这并不是什么上帝视角，而是存在的实际上只有这个全人类整齐划一、只有细枝末节不同的意识能力以及通过这个意识能力产生的一些内容而已。

就是这个意识内容当中产生了一个完全不符合事实的个体感和自我感，才带来了麻烦。

从每个生命个体的视角去观察这个世界，确实会得到一些非常不同的认识，就像从不同侧面去看一个物体，看到的形状会完全不同，这些意识内容确实是不同的。

从不同视角会产生具体内容不同的一些认识，但并不代表是一个个意识主体产生了这些意识内容，而只是这个意识能力从某个视角观察世界产生的认识不同而已，它们产生于同一个意识能力，又归于同一个意识内容的池子。

如果从这些不同的意识内容得出一个认识，说存在一个意识主体或意识个体在进行观察，这就是问题产生的根源了。

换句话说就是生命个体的存在，不代表意识主体或意识个体也是存在的。而且所谓的"生命个体"也只是表面上的相对独立而已，生命本身是一个大的整体。

从意识能力以及意识内容所表现出来的表面上的千差万别，就推论出存在一个个各自独立的意识主体或意识个体，这纯粹是一个错觉。这个错觉泛滥并主导人类，就造成了所有的冲突和纷争、痛苦和混乱，如你所见。

我们有多少自以为的领悟?

2019-10-30

经常有朋友会问到对 ta 某一段表述是否恰当的看法,可是,这些表述如果来自思想的范畴,是否恰当就完全不重要了,它们也不可能是真正恰当的。如果不是来自对事实的看到,表达得再天衣无缝也没什么意义。况且,只要不是来自对事实真相的看到,那些表达也不可能天衣无缝,漏洞百出是在所难免的。

在探索中,我们需要一种最基本的诚实,不说没有亲自看到或者直接看到的东西,否则完善各种表达或者修补各种逻辑漏洞,就是在玩自欺欺人的游戏。所以我们对自己说出来的每一句话,都需要有充分的警惕和质疑,别轻易就说我是什么或者说思想怎样,否则就会自觉不自觉地在依然属于思想的世界里一本正经地胡说八道,因为我们说出的那些话里哪怕有一句是亲见的事实,突变早已发生。

我们得时刻警醒,看看无论是个人经验,还是从克或其他人那里得来的认识,有没有第一时间冒出来,甚至一直是萦绕不散的,所以真正的观察从没发生,从没跳出已知,一直在脑子里打转,还以为自己有了大把的领悟。

真正的暴政

2019-11-05

初秋的斜阳穿透绿色，也是极美的。

而如今，秋已金黄，甚或绯红。

阳光穿透过来，丝丝羽羽都被点亮的样子，实在惊艳。

诗，大概就是这个意思。

人类真的是对痛苦上瘾的。快感也是痛苦，因为其中自带执取的

本性。

所谓"执念"，就是一个想法变得重要，这就是我，自我，我执。于是就开始了控制。

思想顽固且狡猾，就这样一直滔滔不绝，冥顽不化。真正对人类施以暴政的，是思想。真正的暴政在这里。

时间既是一个无底洞，一个让人万劫不复的深渊，同时又是一个狭窄的缝隙，让人卡在其中，动弹不得。

而我们需要一种并非意志力的坚定，一种充满活力的稳如磐石，不会气馁，不需要勇敢，也不会退缩，因为真正的探索从未图谋什么结果。

那与生命一体的生活，不需要刺激也会觉得新鲜，即使平安也不会觉得厌倦。

能拯救你的，只有单纯

2019-11-27

北风吹过，一幅幅毫无雕琢的精美的错落有致。

天地有大美，傲慢但拙劣的思想永远无法企及万一。

内心有任何发生，了解，不想着去除，已经是一种多么了不起的自由。

动手动脚，无法见真颜。

什么也不做，真的那么难？

能拯救你的，只有单纯，而不是聪明。

什么也不是，真的那么难？

穿透思想跟生命对话。

但如果这个生命完完全全被思想接管以及把控，那也是没办法的事。

哪怕留有看似不起眼的一道缝隙，也给了光照进来的一点机会。

太阳只管发光，种子只管撒下，花只管开放，至于什么能够接收到阳光，种子能在什么地方发芽，什么人能看见花的美，随它去。

当我们做着倾心所爱的事，不为求得任何认可，生命会现出怎样一种纵横恣意的辽阔？

生命中每一分每一秒都有极度的喜悦，你便不会再追逐那罕有的宝贵瞬间。

无

2019-12-15

每一片都平淡无奇？

每一片都是造化神奇。

那一种无法被"知道"的美。

每片叶，每朵花，每根枯枝，每个大自然的造物，生命的每个瞬间，
任何人造之物都远远无法企及。

我们究竟是真的对真相感兴趣，还是从头到尾只想得到安全感？

当我们只想解决个人生活中的具体问题，但智慧的表达给出的是远远更加广阔以及无限的东西，这个时候我们未必会感动，而是可能会觉得那不现实，我们不需要。

在脑子里收集并保存很多"正确"的表达，也并没有什么意义。我们每一句话说出来都需要负责，那句话究竟是道理、结论，还是亲自看到的事实。说着符合逻辑的道理和结论，不仅不是看到事实，而且直接会妨碍看到事实。

无论是探索还是智慧，思想以及思想的规划，在这些领域中都没有位置。思想在这些领域中出现，就是作为所有问题根源的越位，也是能量的浪费。

思想傲慢、愚昧、越位，生命被禁锢、被浪费。

我们内心希望或者抱定的延续性，是思想产生的一种错觉。

"我"只是一个影像，或者一连串影像形成的一种延续的错觉。

心理领域的思想，意识内容，心理积累，心理时间，心理知识，心理记忆，意象，自我，观察者，个体性，意识洪流，整个心理王国……是同一个东西。

直接观察这些记录的活动，就有可能将它们一举清空。

而一旦看清，绝不会退转。

没有任何希望，是多么非同凡响。

时空消弭，流动的融合，再没有任何距离。

明静的勃勃生机。

遍布的能量感

2019-12-17

那股能量，无时无刻不在运行。

探讨过程中同样会有一种非常鲜明的能量感，无论是线下还是线上，有强烈的能量在涌动，时空消融。这种能量感，不只发生在某一个人身上，大家整个是在一起的，在场的每个人都可以感受到，只要有认真在听，只要全身心投入其中。这点甚至也同样适用于回听录音的情形，因为在全神贯注之下，完全可能穿透言语的表达，触及那些表达所源于的某种真实。

此间没有特意做什么，也不需要特意做什么，探讨过程中一切如常进行，能量就是在的，或者能量就是有灌注的。毫无疑问这也跟参与者心无旁骛的投入和倾听有关。当内心安静、自我休止的时候，能量的涤荡、充溢甚或汹涌，就随时有可能自然而然地发生，因为我们本身就是能量，一切都是能量。

就像在极偶尔出手治疗的时候一样，一方面是出手了，但另一方面其实什么都没有做，是能量自己在运行，所以个体根本不重要，个体也并不真正存在，存在的只有无界的流动和交融。也许可以用"通道"这个词，但并不是一个有形的或者有边界的通道，只是借用这个词来讲，

如果没有阻碍、没有杂质，那么这个通道就是畅通的，能量就可以自然地运行和灌注，而生命的能量本就是无限的，源源不断的。

但是无论如何，那些看起来异乎寻常的偶发体验依然毫不重要，因为最重要的还是亲自探明关于思想和自我的那些根本问题的真相，脱离虚幻，才可能真正触及那无尽能量的源头。而沉迷于或醉心于追逐体验，或者哪怕只是看重那些体验，都会掉进陷阱，误入歧途。

蓬勃的信心

2019-12-19

觉知，让身心柔软灵活，因为觉知在发现的同时打破、消除亦即否定的，是模式，无论是身体的还是心理的，而模式即代表僵死。

洞察一旦发生，如天光破晓，再不会退回黑暗里。

只会更细致，更清晰。哪怕遇到一个之前从未进入意识领域的问题。

明静中，自会生起无烟的火焰，炽热地燃，且永不熄灭。

一种没有问题的生活是可能的。

没有矛盾，没有冲突，没有摩擦，没有恐惧，没有悲伤，没有痛苦。

自身完整，便不需与任何人合二为一。

遗世独立，不被裹挟，但又绝不是孤立，而是流动的融合，没有距离。

那是一种能够自己更新的信心，完全不来自任何外在或内在的肯定和确认。

这种信心，不是信仰，不是信念，也跟自信无关。因为一旦相信什么，就立刻掉进了陷阱里。

这种信心，就像能够自己更新的生命，没错，它就是生命本身，自带永不枯竭的蓬勃活力。

幸福的基础是自由

2019-12-30

发生什么就了解什么。

多么简单的一句话，若是真正懂得了它，又是多么意义重大。

这不是一句咒语，也不是一个方法，而是我们唯一能做，也唯一需要做的事。

方法是一种依循，一种隐微的戒律，而戒律的实质是暴力。

无论是"Sue说"的文章、对话，还是平时同学们的学习和讨论，都是大家并肩同行，共同探索。不是上课，不是讲座，不是教授知识，不是灌输理念，而是大家既在一起，同时又各自独立思考，所以对于交流过程中谈到的任何内容，不需要相信，也不需要接受，需要的只是亲自睁开眼去看清事实。关于生活中的任何一个问题都是如此，比如人人渴望的幸福。大家都在追求幸福，可真正的幸福是什么，幸福又来自哪里？

关于幸福这件事，独立和自由才是根本。被填鸭式地灌输了很多理念，树立了各种理想，立下各种美其名曰幸福的目标，然后去追求，其实只不过像是一只只被训练、被囚禁的仓鼠一样，终日奔忙，疲惫不堪，如此耗尽余生，哪里有什么幸福可言。恰恰相反，正是这个模式，让人落入了思想的泥潭，沦为了思想的奴隶，而这正是所有不幸或者痛苦产生的根源。

看清思想的本质，摆脱思想的罗网，身与心才可能得到真正的疗愈，真正的幸福才可能不期而至。

时间，是暴力之源

2020-01-04

你被生活强暴了？不，是生命被思想强暴了。

换言之，是思想造出的"你"，直接而有效地毁掉了生活。

暴力在人类社会中、在每个人身上都随处可见，何止只发生在某一特定身份的人群当中。

真正重要的，根本的解决之道，在于每个人彻底地转变自身。

真正不道德的，是心理上或关系中的"应该怎样"，因为它直接扭曲人心，败坏关系。

没有"应该怎样"，就不会有纠结，也不会有冲突，无论内外。

在关系中了解自我，同时也需要创造外在的空间方便了解的发生，只要不把后者当成逃避的借口。

而一个行为是不是逃避，没有标准，只能直接观察。

了解本身会带来清理，会化解一部分冲突，变化确实会有发生，只要不把它作为心理上的进步进行肯定或定位，就不会形成新的障碍。

在自我了解、探索内心真相的领域，凡是提供术的，几乎直接可以说并没有真正领悟，因为所谓的"术"，正是思想的产物，它引入了时间，也就引入了暴力。

时间概念只是头脑太粗糙的一种抽象概括。无论这个瞬间，还是从一个瞬间到另一个瞬间的变化及其过程，都是无限的，是思想和头脑完全无法触摸的。思想强行干涉、强行把握，便是人世间所有纷争和苦难之源。

生命的意义，就在此时此刻的每个瞬间

2020-01-09

若内心烦乱，不妨当它是你的朋友，不怕它，就开始了第一步。

不再害怕不安，它就没法继续控制你。

若念头在跑，就让它跑一会儿，不干涉，也不被它带走，试试。

被带跑就被带跑，发现了就停下，不需要自责，也不需要一丝懊悔，因为这是唯一真实发生的事，只需要重新看起，重新了解。

内心有任何声音出现，就去看、去了解这个声音。

内心若在循环某个回路，那就看这个回路本身。

内心有任何感受，体会它，不抗拒，不逃避。

不把它叫作"恐慌"和"煎熬"试试，不给它任何一个名字。

不试图逃离或躲避这种感受，因为你就是这种感受。

不逃，不躲，不处理，就没有了分裂，冲突也就不复存在。

不用抓，抓不住的，因为你就是它。

无论发生什么，认真观察，面对，了解，这就是每个瞬间的意义，并没有什么额外的意义。

生命的意义，就在此时此刻的每一个瞬间，只要我们在面对，在观察，在了解，无论发生什么。

发生什么就看什么，念头在跑，就看在跑的念头。

没有如何观察，只有简单看，直接看。

不想着要停下，不想改变，发生什么，出现什么，就是什么。

没有"应该怎样"，只需要随时看，也可以随时看。

静不下来就静不下来，静不下来就看动。

不把观察当成目标，就没有失败与否。

观察，不是一件主动去做的事，也不是一个方法。

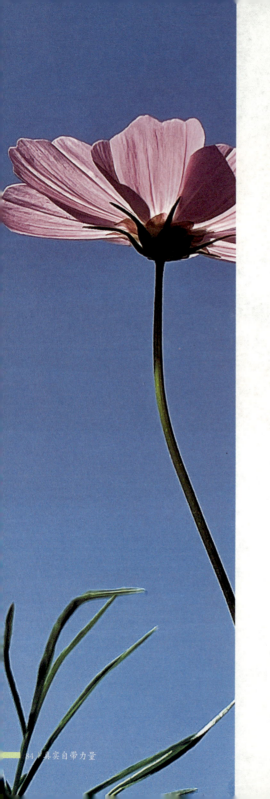

真正的力量从每个人内心而来

2020-01-10

　　在探索中最为宝贵的，是一种可能会被误解为隔绝，但实际上是独立的品质。

　　这种独立并不需要任何人的理解，能懂的人自然会懂。

　　而越是在所谓主流或权威看法一边倒的时候，还能保有独立性的人，才是最宝贵的。

　　其中被普遍抱持的观念之一，就是以为大自然是供自己使用、利用的，而这可能就是人类或者头脑、思想最无知的傲慢了，也是思想直接的越位。

思想越位，跟自我出现，本就是一件事。

然而越位的思想和作为工具地位的思想，它们之间的划分是泾渭分明的吗？或者有这样一个泾渭分明的划分吗？

它们的确有着天差地别的不同，但头脑无法划分，也没有标准，只能直接观察，亲自看清，让思想自动归位。

越位的思想对人类是暴力的残害，而且几乎时时刻刻，无处不在。

心理上的关系定位，就是一个陷阱，一个诅咒，关系中所有的冲突和痛苦由此而来。

人内心弥漫的各种恐惧，也是因为被思想所诓骗、所控制，失去了生命的独立性、完整性，也让生活失去了喜悦和美丽。

技术上对生活进行规划，但心理上完全不为未来打算，完全不评价自己，只活在现在，你会死或者会活得很惨吗？不，你不会死，你会活得很好。

你的观察若让你对这个世界产生了灰色绝望的观感，很可能是因为你进行的其实并不是观察，而是一个表面的识别，也就是说本质上是一种评判。

观察如果只是停留在表面，并且迅速生成一个带有倾向性的评判，那不如叫"识别"更准确。

关于社会与世界的乱象，探明思想的真相才是根本的解决之道，致力于表象的改观只会南辕北辙。

不要低估个人的力量，真正的力量就从每个人内心而来。

一旦寻求认同和肯定，你就会变得脆弱无比

2020-01-15

只要抱定观点和看法，我们就丧失了直接的感受力和观察能力，沦为了思想的奴隶，成为了一部机器。

而别人抱有什么样的观念，或者采取什么样的方式对待我们，我们其实是决定不了的。

我们只能观察和了解自己的反应，从而脱离它们的影响。

于是可以岿然不动，却又鲜活灵动。

一旦寻求认同和肯定，你就会变得无比脆弱，无论表面上看起来多么强硬，多么坚不可摧。

只要有看重的或者害怕失去的，就会有纠结，有恐惧。

放弃，是清晰之下的决定，不是逃避，才不会引起冲突。

清晰时的放弃，甚至都不是一个决定。

独立，但不孤立。

在一起，不是也不会党同伐异，那才是真正的在一起。否则就只是更大范围的孤立。

实质上没有那份真的品质，形式上对真相的趋近，只是一种带来虚荣的幻象。

所有伪饰的噪音都褪去，自然到来一种没有丝毫刻意的安静，其中所蕴含的巨大能量，修持而来的安静永远无法企及。

更大范围肆虐于人类的疫病

2020-01-24

惊魂之余，先来饮下几口浓烈的美。

当真美到让人喜极而泣。

不仅是那一汪醉人的蓝，还有那无尽广袤的虚空。

得有多单纯，才听得见真相的声音。

而只要还剩一个结论，你就不可能单纯。

"你"消失，真相才会现身。

"你"消失，脆弱和伤害才会消失。

柔弱跟强大，本是一体。

柔弱，所以强大。纯真，所以无敌。

一无所是，所以不可战胜。

冰清玉洁却又炽烈如火的爱。

被它充溢，汹涌，让你几乎无法承受。

你可知道，这磅礴的爱，有多么神奇的治愈力？

如今疫病肆虐，追究具体原因之余，不如说那是因为人类的内心染上了另一种疾病，正是因为人类的染指，才给世界带来了失序。

而这种疾病的抗体，无法从觉醒的人的血清中提取，只能由每个人亲自看清，从而自然而然切断其根本的来路。

人类已不大看得见生命的美，也失去了对生命的敬畏，因为人类心中早已失去了与大自然、与生命整体直接而又深切的连接，只在各种欲望的驱使下，需索无度，不停掠夺，不停剥削。

当不杀生不再是一个戒律、一个观念，而是源于对生命的一种自然自发的呵护跟照顾，也许人类才有救。

因为，你就是那生命。

真正亟需的，是更多人醒来

　　此时，怀着怎样的关切与爱，写下这些文字，你也许并不知道。但是，人类真的到了岌岌可危的境地，无论是全球范围内更大规模的战争很可能一触即发，还是当前的疫病更大程度上由于人祸在扩散蔓延，警讯频现，都在告诉我们危机已四伏，我们再不能作壁上观，坐等他人或者坐等某些社会改革，来挽救人类于大厦之将倾。这个世界需要彻底的改变。

　　改变这个世界的责任以及可能，就在我们每个人手中，因为我们人类本是一体，你并不是与他人隔绝的孤家寡人，你的改变必将影响整个人类。祛除自己心中的弊病，是我们每个人生而为人的首要使命，那就是直接观察、深入了解、彻底看清从而瓦解那个被紧紧抱守以及珍视的自我，彻底转变自身，脱离意识洪流，汇入那浩瀚无边一体的生命。这个世界能否变美好、变和平，全系于此，而决定权就在你手中。

　　所以，尽管针对目前社会中的乱象采取一些应对措施是必要的，然而，更根本的，也更亟需的，是更多人醒来。在完全消除了隔阂的人之间，才可能有真正的合作，才能从根本上杜绝混乱的源头，才有可能造就一个崭新的世界。

　　如果你也深切地体会到了这份紧迫，如果你也深知这是每个人来到这世上的首要责任，那就来加入我们吧。

培养一颗颗崭新的心灵

2020-02-13

人的不自由，体现在几乎每一个反应里。

不知你可曾察觉，念头的残渣泛起，心中就会涌现恐惧，无论稀薄还是浓郁。

直接体会一下，是不是通常我们对于一个"应该"，本身就心存畏惧？

甚至抗拒也可能是一种畏惧。

也就是说，对于一个"应该怎样"比如道德规范的服从或抗拒，里面很可能都有恐惧的因素。

而几乎每一个命名的识别或者标签的定位里，都隐含了无数个"应该怎样"。

于是恐惧四处弥漫，几乎无所不在。

所以才说真正对人类实施暴力的，是思想。

都是大地的孩子，却被思想残害。

而贪婪的残忍，更是一种被思想控制才产生的愚蠢，人类正为此付出惨重代价。

这些完全不是道德说教，而是一些千真万确的事实。

可是你也许会问，人家凭什么耐心听你讲？

没关系。

也许有一天这一点会对更多的人清晰起来，也许不会：

发出这份探索或聆听的邀约，不是为我自己，甚至都不是为了你，
而是为人类以及更为广大的生命，培养一颗颗崭新的心灵。

That is, to set man totally, unconditionally free.

看清时间迷宫的虚幻本质

淹溺在思想观念之海，便真的是苦海无边。

回头是岸。

人就像是迷宫里的一只只小兽，彷徨焦灼自是常态。哪怕有些看起来云淡风轻，镇定自若，若看不清这座迷宫的思想本质，无法让洞察不费吹灰之力地将其挥去，那依然是困兽一只。

随着探索的深入，也许一段时间你会做梦，那是因为探索让潜意识的内容大面积涌现出来，不止涌现在白天，晚上也会涌现，而涌现之际被看清，就是消除它们的机会。在睡眠或睡梦中，也可以不用"看"这个词，而是它们充分呈现出来，然后自己消散。

随着探索的深入，身心状态也会自然而然发生变化，头脑愈发清明，内心愈发安静，空间愈发开阔，身体愈发轻盈，精力愈发充沛，"良性循环"一词也许就是最恰当的表达。然而，一旦从中提取出心理时间，也就是进阶定位、总结归纳、重复效法，良性循环就会被打破，因为再次陷入了惯性的模式当中。

习惯本身就是漫不经心，是旧有惯性的延续，也就是头脑模式的运行。人类最顽固的模式或惯性，就是无论发生什么，头脑或思想第一时间跳出来识别，命名，评判，命令。而这种惯性，时时刻刻都在谋杀着生命。

脑子里这些看不见、摸不着的东西，真的可以杀人于无形。也就是说，其实是你自己的头脑，你自己的每一个想法，在损害你的健康，扼杀你的生命，并且惯性顽固，缺乏质疑。而在这一点上，别人完全无能为力。

觉察，不是工具，不是方法，而是，它本身就是生命。每一个缺乏觉察的瞬间，就是你扼杀自己生命的一个瞬间，就是生命的气息断掉的一个瞬间。即便是你以为的爱惜自己，可能恰恰是在伤害自己。任由自己自怜、自怨自艾，是一种放纵，一种对身心伤害极大的放纵。

没有任何一样事物是孤立存在的，一切都处在关系中，万物都是联系在一起的。无论是生命，还是人的内心活动，都存在于关系中，展现于关系中。而关系，既有真正的关系，一种直接的交融和连接，也有意象之间的关系，那是一种虚假的关系，本质上是关系的切断跟割裂。

于了解自我而言，关系是一面镜子，照出我们的内心活动。镜子用来照见自己，我们却常常责备镜子不如我意。对人对己的要求，都是向外，而向外引发对立。抱持自我，以幻为真，在此基础上予取予求，是一种更大范围也更严重的疫病。

而内心富足，就会活在爱里，每一刻都是盛大的喜悦，自然一无所求。

突如其来的感动是怎么回事?

2020-03-30

有一种情形可能我们都不陌生，那就是，我们有时候会因为看到某个场景或某个画面，比如饱含深情或谢意的依依不舍的送别，或者因为其中传达的某种人道主义的奉献精神，进而迸发突如其来的感动。那种情感来势汹汹，强烈到让我们觉得不可思议，甚至有些莫名其妙，因为在反应发生的那一刻，我们似乎并没有闪过什么念头，情绪就那样突然地汹涌而来。

没错，在反应被触发的那一刻，我们不一定有意识地想到了什么，而是那些信息一出现，就跟我们脑子里已经存有的某些会引发感受的东西，有一种高度的契合，于是就会迅速调动我们内心的情绪，直接引发反应。也就是说，一组信号的摄入，就像摁下了一个按钮一样，即刻就会引发反应。尤其是当音乐、画面、热点事件被编排在一起，更加会有一个推波助澜的综合效果。而且不要小看配乐这个东西，它能够非常快速地综合调动人的潜意识，引起下意识的反应。

在我们的心理反应过程当中，有时候思想活动明显，有时候看起来完全是下意识的反应。在这样快速的近乎无意识的反应过程当中，究竟有没有思想的参与，就需要细致入微的观察了。就像我们通常会觉得自己生气的时候并没有特意想到什么，愤怒突然就爆发了，但是这个过程

中真的没有思想活动吗？

关于这种突如其来的感动究竟来源于哪里，我们试试换个问法：当你看到蓝天，阳光，嫩叶，花儿，雨滴或者雪花，可曾有过这么感动？如果你是因为伟大和奉献而感动，那么真正伟大、真正时时刻刻在滋养人类生命的是什么？

"天地不仁，以万物为刍狗"，那是说天地或者宇宙的秩序是没有慈悲的吗？

看似淡漠，甚至无情，但，那是真正的慈悲，像阳光洒向大地万物一样遍及的爱。然而，你可曾为此时时触动，感激之情汹涌？

有限挟以自重，不停戕害生命

2020-04-02

思想制造的死亡，和思想制造的永生，都是跟思想同质的东西。思想制造出死亡，然后为了避免死亡，同时又为了追求自己制造出来的永生，把自己再打造成达到这些目的的工具，再一次强调了自己不可或缺的有用性、重要性。这从头到尾都是它追求自身安全感的把戏。

活着的时候投射出或制造出一个异于自身的"我"，就已经是思想寻求永生的登峰造极的做法了。"轮回转世"只是在此基础上更进一步的妄想而已。所以才说思想或头脑很狡猾，很有欺骗性。

思想、思想的活动以及思想引发的冲突和摩擦会激发、调用以及消耗能量。能量被大量地、甚至大部分被以这种破坏性的方式消耗，生命就会受到极大的伤害。当能量完全被思想抽调，不再进入生命，生命也就到了终结之时，而且是以一种非自然、非正常的方式丑陋不堪地终结。

当能量完全不再进入思想，也就是思想失去了能量的滋养，它会枯萎，死亡。在洞察之下就是这样。只有思想不再主导，才不会再有摩擦。心里没有摩擦，思想就已经退位了。思想从心理上退位，跟思想从心理上死掉，是同一件事。

此外，梦境也是自我意识的一部分，也需要觉察，但并不是要对其具体内容进行分析，也就是所谓"解梦"，因为一旦开始分析，便又入了梦。梦的内容有可能来自直接的记忆，也有可能来自在记忆基础上随意的加工，而记忆有可能是任何人的记忆。梦境的运作机制，跟醒时思想占主导的运作机制，除了逻辑跳跃、奇幻不羁之外，并没有本质不同。而且在梦中时的想醒来，依然是梦的一部分。

思想主导的内心状态，就是一种分裂的梦游状态。而想弥合分裂的心理，本身就是分裂的表现。没有了解分裂，就来思考统一，依然是不由自主地在用头脑化的逻辑，进行着非此即彼的分裂式的思考。

所以，是不是思想活动就没停过，观察从未发生？

思想自带无法改变的局限性这一缺陷，而没有了这种局限之物的主控和干预，生命所处的那种无限的可能性，完全无法用思想计算、用头脑罗列。毕竟，思想是僵化的实在，而生命是灵动的空无。

幸福之道，如此简单

只活在此刻，不去往任何地方，也不再成为什么，心理上。

如此简单的幸福之道，大部分人不曾知晓，也没有兴趣。

"多数情况下，这些反应看起来是下意识自动做出的，而且非常迅速，在我们还没搞清楚状况之前反应已经产生，感觉自己的身体或者整个人都不是自己的一样（也许这才是真相）。"

"也许这才是真相"（出自《与生命对话》中的《反应》一文），这句话想说的意思是，真相是，无论这个身体还是这个生命，根本就不属于"你"，你不是身体的主人，也不是生命的主人。"你"或"我"的实质，其实并不是一个真正的所有者或掌控者，而只是被头脑或思想虚构出来的一个控制者。

而引起心理问题的，实际上从来都不是外在的事情或者所谓的"外境"。换句话说，我们内心一直存在的那些状况，我们心里珍藏的那个"我"，才是真正的危机。

没错，你很重要，你的一切都很重要。呵呵，就是这个被错看的重

2020-04-27

要性和真实性，引发了所有的问题。换言之，自我就是随时准备伤害以及受伤，随时准备引发对立和冲突的。自私的本性脱不开依赖的底色，依赖中蕴含着贪婪和恐惧，也必然会导致要求以及控制。

所以，你其实不爱任何人，包括自己。

你从头到尾爱的，只是安全感。

思想简直玩弄人类于股掌之上。

人类的整体早已沦为思想追求安全感的献祭。

唯有孜孜不倦的了解和观察，才可能让生命逃脱自我渴求安全感和快感的魔爪。

而自我引发的活动极为快速，又纷繁复杂，非有宽敞的空间，不足以将其洞察。

什么时候"我"归于零，归于寂静，才有了崭新的生命。

而所有这一切，需要的，是你懂，而非只是认同。

能量被固化，便形成了自我

2020-05-07

自私不可能是纯洁的，不可能有纯洁的自私，想要变得更纯洁的自私，只是自私更狡猾的形式。只有自私消失，纯洁才可能出现。

这段话里的"自私"换成"自我"，也完全适用。自我不可能是纯洁的，不可能有纯洁的自我，想要变得更纯洁的自我，只是自我更狡猾的形式。只有自我消失，纯洁才可能出现。

自我本身当中没有包含任何真相，里面只有虚假。能量被以思想的形式固化下来，就形成了自我，而自我本身是个恶性循环。

一朵花、一片叶、一只小虫的细致精妙，我们永远无法真正知晓，因为其中蕴藏着生命以及宇宙的无限。生命的每个瞬间本属独一无二，无限丰富，无法固化，也无法延续。只要它被强行固化以及延续从而形成思想，或者说只要被思想强行固化以及延续，就会产生失序，自我形成，恶性循环便一发不可收，除非洞察发生。

思想退出内心，心理世界灰飞烟灭，内心空无，只有充沛的感受。没错，可以这么说，实际也是这样，但这个状态如果不是此刻的现实的话，那就只是一个概念，一个说法，顶多是一个理性认识。而有这样一个看似符合事实的认识，只是自我更狡猾的做法。

就像，当我们说：好吧，真实存在的只有此刻这个瞬间，然后呢？一个"然后呢"，就暴露了根本没有看到前面所说的那个真相。如果真的看到、体会到、感受到了唯一真实的只有此刻，那就已经直接活在此刻了，哪里还有什么"然后呢"？活在此刻，又不是一件能够主动做到的事。所以说，只要轻而易举地认同什么，就是在一次次地将真相拒之门外。

所以首先最重要的是，不要认同文章里的这些说法。每一句话，都需要亲自看清。否则，认同了这些，同时又看似保持开放地去吸收另一些无论本质还是表达都相悖的所谓"新东西"，只会在内心造成更多的冲突。因为实际上那些哪里是什么新东西，只是又有一些东西符合头脑对安全感的需要，有了另一些依据和依靠而已。我们拼命四处抓取，想获得更多的安全感，可实际得来的，只是管控更加严密的牢狱。

一切自然的发生，都堪称奇迹

2020-05-12

真相能否降临，得看你有多简单，多纯净。

一丝丝的想成为，都是杂质，都是阴影。

你需要活得像个生命。

需要，不是应该。

没有"应该怎样"，就不会有任何纠结。

脑子里充斥着各种"应然"，是一种徒劳的试图掌控。

控制和失控实际并无区别，尽管从外在看也许大相径庭。

甚至事事处于掌控之下，是一个更可怕、更难突破的圈套和陷阱。

几乎是脑袋一动，意识内容就开始了对生命的操控。

混乱，是因为被带走，而被带走，是因为让那些内容有了份量。

也就是让那些内容具有了意义、重要性或真实性，于是它们才有了影响力。

然而，关于思想的局限和危害，如果只是停留在理性认识或结论层面，只会有害无益。

一旦认同，一旦相信，精神上就已经枯萎，与死无异。

没有头脑或思想的干扰，身体会有自己的智慧，也会有敏锐的感知。

头脑或思想不再发号施令，知识会作为且只作为守护身体健康的必要工具，如此，其实很少会生病。

一切自然的发生，都堪称奇迹，甚或神迹。

无论是一个小小伤口的愈合，还是司空见惯从而被认为稀松平常的新陈代谢，哪怕看起来什么都没有做，安静的一呼一吸，都是奇迹。

更不用说花草树木、花鸟虫鱼、飞禽走兽、山川大地、日月星辰、雷电风雨，还有插着翅膀飞身而过的啁啾鸟语。

这种神奇，傲慢但愚昧的思想永远都无法企及。

通常的敏感，只是一种很深、很细致的介意

2020-05-21

为什么虽然我们貌似懂了很多，而且也足够敏感，但真正的观察或了解依然很难发生？

是不是最关键的，还是有一个潜藏的非常顽固的带有倾向的意志，而不是什么事情发生了就只是发生了而已？

是不是通常的敏感，只是一种很深、很细致的介意？是另一种麻木和机械？每个人也许只是介意的方向不同、介意的对象不同，也就是所谓的对"什么"敏感各不相同。

而通常的不介意，要么是麻木，要么是介意的对象是别的，或者只对特定的东西介意。

所以才说常见的那种敏感，总的来说也是一种麻木，是一种对于自己"很深、很细致的介意"这种快速而机械的反应的不敏感。

也就是说，通常意义上的敏感和通常意义上的麻木，本质并无不同，里面都充斥着思想的把控之下透出来的一股腐朽的死亡气息。

而思想造成的死亡和死亡威胁有很多种，对身体或生命实质意义上的消耗和伤害，也就是那种慢性或急性的"自杀"，只是其中的一种形式。

此外，思想还制造出另一种死亡或死亡威胁。比如自我瓦解或者思想失去掌控地位，会被思想当成一种很可怕的死亡。

而思想的内容被违背或者被否定，会被思想看成是一种对自身安全的威胁。思想对这种死亡或这种威胁的应对，就是我们几乎时时刻刻在做出的反应。

从最明显的各种情绪反应，到最不容易发现但是更密集、更普遍存在的识别、命名，都是思想确认自己的重要性和存在感的做法。当然还包括造出以及抱有那个异于思想自身的"我"。

即便是思想被逼到墙角，无路可退，快要崩溃，那也还是没有崩溃。此时做出的反应跟平时不会有什么本质区别，也许反而会变本加厉。另外，确实所有的假设性问题都来自思想，依然是思想的反应。

上述提及的这些，本质都属于思想活动，都是"思想性质的敏感"，是思想步步为营、见缝插针的防守和反击。

那么，生命逃出生天的机会在哪里？

不期而遇，不言而喻，不药而愈

2020-06-17

天气热了，不必用那么沸的水泡茶了。清香已然满颊。

自己看清这里的意义，比起循着名头而来，已经具有相当的独立性。而这些犀利字句背后的深情，你，又是否能看得见。

这里的一切，都不需要轻易认同。即使是深思熟虑之后的认同，本质也还是轻率的。毕竟智慧，绝不是一个可以觊觎的猎物。无论解脱还是真理，都不是你的猎物，也不是你的工具。

问题得到解决，只是觉察的副产品。如果成为先导的目的，觉察就无法发生，因为早已陷在自我的罗网中。自我意识就是自我感，有自我就必定有冲突，有自我就没有觉察。

当我们责怪社会的弊病与不堪，又可曾问过，作为环境存在的社会，究其根本是由什么而构建？什么是它最基本的核心或单元？

人类数千年来的社会架构，无一不是以每个人的自我感为基础，从而建立起来的。换言之，是思想构建了这个社会，塑造着其中的关系，每个组织，只不过像一个更大号的自我一样在运作。

如此一来，组织里所有的困惑和冲突，是不是瞬间变得再熟悉不过？那不过是我们每个人内心戏码的放大和外显罢了。是我们每个人的内心，塑造了外在的社会，以及其中的一切组织和关系。

没有谁让你怎样，所有的做法都是自己的选择，所谓"迫不得已"永远只是借口。

　　永远不要为过去的事情惋惜或后悔。过去已经过去。一件事，如果不是一个戒律，也没有"应该怎样"，就不会有任何纠结。

　　每一刻的发生，并不是对我们的所谓"领悟"的所谓"检验"，而只是观察的契机，因为检验中依然隐含了标准和要求。

　　就像通常情况下或者绝大多数时候那样，任何一个念头的出现，甚或只是某种识别的出现，就已经隐含了评判或者倾向，思想就已经进驻到了心理领域。

　　正值六月，不说童真，只需要问问，你有没有尽到一个生命的本分，好好地活着。

　　越想成为什么了不起的人物，就越是庸常。

　　只有完全不再成为什么，才是最不凡的事。

　　极致的美好，便是：

　　一无所求，一无所是，一无所依，不期而遇，不言而喻，不药而愈。

内心空无，不留一物

所谓"清空所有的意识内容",是说在心理上什么都不留下。清空的,是思想干涉下的产物,也就是所有的心理记忆。

这些被清空的记忆,一种看起来直接与情绪有关,一种看起来没有直接关系,纯属思想内容,但实际上也还是有关的。当这个内容被挑战、被违反,情绪马上会出来,所以那依然属于心理记忆。

而另一部分,作为工具存在的技术知识或事实记忆,自然是留下的,其中并不存在任何留与不留的选择和权衡。因为清空不是一个主动行为,所以不是一个选择清空什么、不清空什么的过程。

清空,如果是一个主动行为,那还是思想主导的,所以什么也清不空。哪些有用、哪些没用,也不是能够主动分清或者划清界限的。想划条线对症下药的,还是思想,还是思想主导的行动。

而且也不是一部分、一部分地清除,一部分、一部分还是思想的方式。准确地说,是引发那些内容的源头或者机制瓦解,那些内容就不会再产生,包含了那个机制的存量也同时湮灭。

某些瞬间的看到,也可以起到清理垃圾的作用,而洞察的发生则需要空无一物。或者更准确地说,洞察和完全的空无,是同时发生的,并没有严格意义上的先后顺序或者因果关系,因为既可以说,空无一物时洞察才能发生,也可以说,洞察彻底清空了意识内容。

陈腐消散,焕然新生。

你的天职，就藏在对自我的了解中

2020-06-20

要发现自己的天职，不妨在各个领域中多做些尝试。做自己喜爱的事，其中的喜悦，就像见到鲜花美景一样，没有什么自我或者思想的参与。关键是需要弄清，究竟是喜欢这件事本身，还是希望通过它得到别的，比如安全感、满足感、成就感。

这个毕生所爱，一直找也未必能找得到。不知道能不能找到，那就不找了吗？你难道不想发现自己真正爱做什么吗？一定需要勇气吗？就不能是对这件事本身的好奇和兴趣吗？

不质疑的东西就会变成枷锁。自我探索，就是发现并解除限制和枷锁的过程，解除了各种信念式的捆绑，才更容易发现自己真正热爱什么。否则，各种踯躅，各种犹疑，自己的内心戏，就足以形成一个密不透风的牢笼，行动一步都迈不出去。

寻找天职，是自我的行为吗？那是生命的热爱，与自我无关。身体或生命，跟内心抱持的自我，完全不是一回事。只不过单单持有这个说法也没有什么意义，关键还是对思想或自我，能不能有个透彻的了解。

自我看起来是以各种想法或念头为食，来滋养壮大的，但究其根本，是不是自我就是思想？自我并不是某种高于或者不同于思想的东西，并不真的是一个意识主体或精神实体，而只是思想当中的一个内容。

所以，能不能看清或者体会到，自我就是思想？看到了这一点，自我还会有任何重要性吗？还会围绕自我去思考、生活和行动吗？

思想只是一个个的念头或者想法，包括"思想很重要"，也只是一个想法而已。想法相对于事实或者真相而言，其本身的性质就是抽象的、虚幻的。几乎每个人的生活都是围绕各种想法展开的，因为正是被"思想很重要"这个意识深处的想法，牢牢控制着，却毫无知觉。

思想认为自己很重要，有一万个为自己辩驳的理由，抱着这些看法，根本不可能看到思想的真相。因为你就是思想，不是你被思想控制死了，而是，你的立场就是思想的立场。下令去了解并摆脱思想的控制的，是不是还是思想本身？

思想觉得自己重要，这本身就是越位，直接的作用就是窒息生命。思想可不会让自己死去。所谓"自杀"，杀死的是生命，可不是思想。这条命没了，那些思想内容还会继续留在意识洪流里。

真理是无路之国。没有方法，并不是另一个方法。有路可循，才是窒息，因为那是继续被思想控制的表现。路就是思想铺就的，思想的地位从而得到了保障和延续。思想里根本没有出路，的确如此。待在思想里，只会窒息。

对此，思想当然不会认同，无论如何也不会。道理上硬着头皮接受了，也还是没有用，那不过是自欺欺人，是更加狡猾的避实就虚，以退为进。因为你就是思想，怎么可能接受思想不重要？对此没有一点质疑，连重新去看这个问题，都成为了不可能。

这种控制没有办法摆脱，各种摆脱的企图都是无用的，因为那依然是思想的诉求。唯一需要的，是直接看到思想的真相。所以，有没有兴趣看看思想到底有什么用？没有这个兴趣，或者有个假兴趣，那就真的无解了。

看看自己为思想的有用性所做的辩解，就知道这个兴趣的真假了。每一句话都在为思想辩解，还想摆脱思想，不是自相矛盾吗？思想换了一种更微妙的方式继续掌控，只会增添更多的冲突。

思想完全找不到出路，可能会停下来。但困兽犹斗，思想必定会拼命挣扎。如果此时身体已经感到窒息，那就是思想控制身体、控制生命的直接体现了。

思想安静下来，如果对思想或自我的真相有浓厚兴趣的话，那个真相才可能展现出来。思想真的安静下来，实际上马上就有了空间。

但问题是，它从来都不肯安静。即使被逼入墙角，也还在出力控制，垂死挣扎，疯狂反扑。思想如何才能安静下来，觉得需要点儿提示？没有如何，也没有提示。想要这些，就说明依旧处在思想惯性的驱动之下，还是没有逃出生天。

解脱，并不是一个借助什么来达到的结果。看清上述这一切，就是即刻的解脱。在极度的清晰中，你与你的毕生所爱，便会不期而遇。

生活需要些许悠闲的空间

2020-07-04

  物理空间上的开放，也能带来一些轻松自由的感觉。你身处一间又黑又窄的小屋里，跟在一片一望无际的大草原上，感觉自然不同。

　　但外在的空间替代不了内在的空间。真正的自由并非来自外在。只有当内在有了空间，内心没有被垃圾堆满，才可能有真正的开阔感、自由感。

　　内在的空间如果被思想占满，那么它就是那个所谓的"心理世界"，或者思想主导的心理王国。这个以自我为中心的心理世界，它要么存在，要么瓦解，而不像一个有尺寸的物理世界，有大有小，虽然我们有时候也会说自我感有强有弱。

　　如果内心不被思想占据，思想在其中没有位置，那么内在的空间就具有了一种截然不同的品质。

　　那种外在空间的开放带来的自由感，只是一种感官感受，就像我们看见了美景，那个瞬间思想的钳制可能会暂时放松一下。而在这种短暂的放松过后，很容易再次回到狭窄的心理世界中去。

　　但无论如何，生活中多一些这样的瞬间也是好的。这种悠闲能够让我们暂时脱离那种周而复始、例行公事的惯性模式，从而多些空间、多些余力去探索，让我们有机会从思想的层层包裹中得到一丝缝隙，偶尔呼吸到些许新鲜空气，只要它没有成为一种对生活的逃避。

被思想所控，悲伤必定如影随形

2020-07-11

进入心理层面的念头，之所以会裹挟能量，是因为它们已经变得太过重要，所以才会保存下来。而只要留了下来，就必定会往外冒，造成各种消耗。

重要，就带有了指令作用，整个人都成了念头的傀儡，每个念头所包含的动机里面都含有巨大的推动力。

只要思想当中还有一个念头或者意识当中还有一个内容显得重要，那么自我就有了藏身之地，内心的和平或秩序，就已经失去。

所以才说，被思想所控，悲伤与你，必定形影不离。人类从古至今，始终身陷囹圄。

没弄懂方法的实质，就告诉自己不要方法，没用的。那更像是一种对权威的盲从，反而更加看不清方法的真相。

自由，在于不离开事实。不离开，就不想改变，就不会再寻求方法去达成什么。方法立刻失去了所有价值，内心的挣扎也戛然而止。

与真实相连，立刻元气满满

2020-07-17

一个非常自私的人，其实是一个非常没有安全感的人。越是自私，越是没有安全感，越是画地自限。机关算尽，算去的是自己的安宁和康健。

想要成为什么，是世俗的最核心。只要离开现在，想要去往什么地方，就必定会焦虑，一种如背景般运行的消耗，便在所难免。

生活，并非在别处。

快乐，如果只能由心中所谓的"美好"愿景及其实现而来，那真是太悲哀的一件事了。

无需追求什么极限，一片叶，一朵花，每一个瞬间，都包含了整个宇宙，都是无以伦比的极致跟无限。

走出那个虚幻世界的戏码，与真实建立连接，马上就可以感觉到元气满满。

一旦脱离虚幻，只会愈加纯净，绝不会退转。

没有哪一个冲突，不是由观念造成的

2020-07-23

小雨初起。

一只斑鸠钻到爬满各色瓜藤的架子下面，站在一只储满了雨水的桶沿上喝水，尖尖嘴巴快速啄击水面，荡起一串圈圈。饱饮之后飞回藤架上面，四下巡视一番之后，便飞身离开。

雨点儿密集起来，几只桶中的水面上布满了被雨点先后击出的错落有致、半径不一又迅速消散的点点圈圈。

翌日清晨。

一只麻雀飞来，落在推开的窗扇上缘梳妆，小脑袋不时交替歪向身体两侧，用尖嘴啄咬左右两边翅膀上的羽毛。头间或回到正中，迅速地左右摆动，在窗框上打磨着那一枚小小的尖喙。又唱了一阵子歌，抑或跟伙伴说了一会儿小话，然后也飞走了。

醉生梦死，用来形容世人的生活状态，再贴切不过。世人都在昏睡，被各种想法、各种念头带着走，就是昏睡。念头止息，内心安静，才能脱离梦境，接触到真实。

我执。

我和执并不是分开的两个东西，我就是执，执就是我。没有哪一个冲突，不是由观念造成的。事实，从来不会造成冲突。

活在真实里，而不是活在念头里，才不会有冲突，才可能有爱。爱既不是要求、苛责，也不是容忍、放任，不是头脑非左即右的选择。爱首先来源于毫无分别感的纯然感知，没有距离的浑然一体。

我们的探讨和探索，从不是要谁说服谁，而是有没有可能一起从质疑开始，去探究一些根本问题的真相。我们并未提倡任何东西，因为所有提倡都会化作理念，而任何理念，作为一种僵化的虚幻，都无法胜任瞬息万变的生活。

任何一种被倡导的生活方式，无论是坚持奢侈，还是践行简朴，是否早已变成了对身份感、成就感、价值感也就是自我感的标榜，与真实，与真正的简朴，早已远离。

所谓的"帮助"，并不存在

2020-07-29

内在探索的重点，并不是具体的思想活动过程或特定的意识内容，而是思想或意识内容的性质和实质，以及它们引发内心反应的机制。这些底层的机制性、本质性的事实，并不是抽象的，而是就像一朵花在那里开放一样鲜活而又生动。

了解这些事实，需要一种一无所知的谦卑和纯真，需要每次都完全重新去看，完全不用以前得到的认识去靠、去套。

在那份谦卑、那份纯真中，有一种没有方向的觉察，一种最直接的感知，毫无距离地触及事实，一体的融合即刻发生，完全不需要时间。

而我们通常都是知道得太多，已经变得太过聪明。一个很聪明的人，自我感通常强烈而顽固，所谓"自以为是"，聪明反被聪明误。

深植于自我意识底层的目的性、功利心，如果不面对、不去除，任何探索都毫无意义，只会继续自欺欺人。不谦卑，也不坦诚，谁也救不了。

可以试着一起探讨，但不存在谁帮谁。无论想改变谁，都是执念，异于现实的期待、观点，都是执念。可以交流，可以探讨，剩下的，随它去。所谓的"帮助"，并不存在。

无论是独自观察，还是大家一起探索，质疑和倾听都必不可少。质疑，首先是对自己的质疑，而倾听，除了倾听彼此，最重要是对事实的倾听。

不做任何人的弟子，只以事实为师。

单纯有多重要

探索和生活完全不是分开的，更不是对立的，探索的就是生活，生活的真相。观察不是识别，不是头脑时时刻刻依据某些"正确"标准进行的判断。

越位的思想，体现的是人身上"禽兽不如"的动物性。

一个特别自我、特别自我中心的人，也就是一个特别自私的人，一方面可以说是一个非常可恶甚至可恨的人，但同时也是一个非常可怜的人，被思想或观念牢牢控制，极度缺乏安全感，极度需要来自四面八方的肯定、赞赏，作为一个毫无自由的囚徒，当真可怜至极。

然而，别人如何反应，别人的行为是什么性质，并不是我们的首要责任，我们无从干涉，从根本上讲我们也无能为力。我们能做的，就是在自己这里停止反应，让评判的最后一环在我们自己身上土崩瓦解。

自己反应的链条断掉，才有可能冷静地、恰当地与对方沟通或探讨对方身上发生的事实，至于结果怎样，随它去。

换言之，只要我们自己身上还在发生着那些惯性反应，这些反应

是我们首先需要探索和了解的，而不是把关注点放在对方身上。

你或许早已发觉那份单纯有多重要。谦卑和纯真的品质难得，不是每个人都有。赞美和欣赏当中如果包含了羡慕，那就已经包含了恨。目的性、功利心的存在，就像一幅看似美妙但实属牢笼的蜃景，让所有的探索都毫无意义。

而逃离思想掌控的缝隙或机会完全由自己给出，与他人无关。阳光普照大地，自己死守在由虚幻蜃景打造的密闭黑屋里不肯出来，任由自己的生命被禁锢，被践踏，被浪费，那是谁也没有办法的事。

心思单纯，不求结果，但永不放弃探索。

这句话适用于探索中的每一个人。

身无一物，才能奔跑；心无一物，才能飞翔。

真实自带力量

2020-08-12

只要没有心理上的期待，而只是对发生的事情本身感兴趣，就不会有焦虑，无论在探索中，还是在日常生活中。

真实自带力量，包括疗愈的力量，只要我们能够面对，让它展现，无论那个真相看起来有多么"不堪"。

极乐世界可不在什么西方，也不在任何方向，它就在不去往任何地方的此刻。

自我是个顽固又狡猾的东西，太自以为是就没得救了，而且人太聪明真的不是什么好事。

　　科技手段再发达、再方便，对于看清人类内心世界的真相或者自我的真相，也没有丝毫帮助。

　　去了解别人各式各样的生活，盯着看别人生活的直播，对你了解自己、看清自我的真相，没有丝毫帮助，反而是对自己实际背负的那个自我的逃避。

　　关于生活和自我的真相，没人能告诉你答案，即便告诉了你，也只是一个抽象的概念。

　　这件事得从我们自己身上直接看清才行。真正能帮到你的，只有你自己。

　　不作为目标，也不作为理想，而只是从现实开始，探索一种可能，成为一个健康完整的生命的可能。

时间消弭的此刻，便是极乐

　　清晨，一只鸟在屋脊上独自屹立，在绚丽到让人醉倒
但转瞬即逝的朝霞过后，看阳光把那株高过屋顶的法桐树
从上到下慢慢点亮，那片绿由浓墨转青翠，衬粉蓝的天、
轻薄的云，生命当真美到不可思议。

　　崭新的一天开始了。

　　即便酷热，也挡不住那天、那云频频地惊艳登场。

　　翌日便是一个惊喜的雨天。

　　雨滴点点落下，击出小小圈圈，打动翠绿叶片，簌簌
或嘀嗒的雨声，加上偶尔几声喜鹊的轻鸣，和着清凉的空
气，当真是极度的喜悦，至福布满整个空间，"极乐"一
词都太过虚弱、太过平凡。

　　所有时间汇聚于这一刻，此刻囊括了所有时间，是所
有时间的因和果。唯一真实的瞬间，时间消弭的此刻，那
便是极乐。

　　一个人情绪反应的剧烈程度，取决于某个应然的顽固

2020-08-13

程度或者理所应当的程度。无论是觉得一件事情不应该那样发生，还是自己对那件事的反应不应该发生，本质上没什么不同。无论什么反应，愤怒、悲伤、恐惧……都是"应该"引起的，"应该"就代表着安全，一旦未能实现，反应便在所难免。

看不清"应该"的虚幻本质，看不清它才是一切冲突的罪魁祸首，这个惯性的反应模式当然不会停止，只会继续往完全错误的方向去解决问题。比如想方设法对抗愤怒、远离恐惧，那依然是另一些"应该"在作怪。

人类所有知识的总和，不及一枚盛放的小小花朵。可偏偏是这极为有限的东西，把控着人类整体的走向，不是不可悲的。

所有帮助人们肯定或加强自我的真实性和重要性的做法，都是在帮人类在导向毁灭的不归路上越走越远。心理领域的方法，哪怕号称是为了达至无我，依然是在助长自我，所以它究竟是助你翱翔，还是折断了你飞升的翅膀？

被思想浸了个透，被头脑的"文明"教化已久，究竟得要多野才能逃脱？

震撼人心者，不在远方

2020-08-25

震撼人心的东西，不在远方，不在别处，而是就在身边，随处可见。

人类进行发明创造的那些所谓"聪明才智"，只不过是发现并且借用了这个世界或者宇宙本有的规律或秩序。

那种秩序既不是人类创造的，人类也无法将其毁灭，即使人类灭亡了，那种秩序还会继续存在。那就是那份可以叫作"智慧"的让世界呈现万有的空无，真正的"创造"。

外在的整体的社会环境不是能够由某一个人决定的，但自己是有序的，这个源头是有序的，就不会从这里出发产生失序。万千个甚或哪怕只有几个自身有序的人，就有可能造就一个崭新的社会。

然而属于理论性质的猜测或者推导性质的问题没有意义，重要的不是先去问秩序，而是了解自身现实存在的失序。

需要交流的时候，事实可以通过语言来表达，头脑只是工具，但源头不是来自头脑。关键是交流的东西本身的性质是什么，是事实还是观点。交流观点就是头脑的产物了，那就依然是在那个旧有的混乱世界里的活动。

　　要走出思想的迷宫，就不能再沿着迷宫里的路前行，必须跳到迷宫之上才可能。也就是不能再接受以及循着思想的逻辑，才可能摆脱思想的套路，从迷宫中脱离出来。

毫无自保之心，真相才可能呈现

2020-09-02

心理期待自带扭曲和固执的特质。越位的思想，那些"应该"，真的像一只无形的但无处不在、无孔不入的榨取人的精气神的吸血鬼。

那些只要存在就注定了不单纯的动机，作为关系里的杂质，早晚会形成锈迹斑斑的腐蚀。

信仰，远不只是那些典型意义上的信仰，而是思想早已变成了全人类的信仰。不只体现在那些大规模的战事，而且几乎渗透到日常生活的方方面面，这种四处弥漫的信仰对人类的残害简直是无以复加，细思恐极。

探讨中的因时制宜、随机应对，并不是头脑故意而为的选择。体贴，不是迎合，也不是迁就。而犀利，也许恰恰出于最真挚的爱。只要爱着，就不会受伤。爱与伤，从来都不可能相容。

在探索中我们能走多远，取决于问题问出的方式或态度，是不是谦逊，是不是有开放性，还是已经隐含了非常强烈的倾向。强烈的倾向已经关闭了探索之门，无论讨论什么，都只是在头脑里打转，始终在自我的连环反应里，针插不进，探索根本没机会发生。

若要真相呈现，一点儿自保的心都不能有。不需要自责，但什么时候不再向外求，问题才有解。信心，不是从把责任推脱给别人来的，而是从对自己所有反应的生起和后果开始一力承担来的。

真实存在的，只有此刻这个瞬间。就是因为人已经太过复杂，所以看不到这个简单到极点的事实。

而真正的自由，在于不去往任何地方，心理上。

身心一体

2020-09-03

唯一真实、唯一需要面对的是现实，无论什么期待，都百害而无一利。不抱任何期待，也不期待一个更好的自己，而只是如实面对，一下子就会解放出很多能量和力量。

身心本是一体，以一种极其密切的交织融合的方式相互影响。潜意识里若有念头如鬼魅般萦绕，就会带来相应的身体反应，甚至是病痛。尤其是身体上那些莫名其妙的疾病，很多时候都是因为心理上的冲突没有出口才得以产生。也就是内心有某个特别顽固的念头、希冀、结论甚至记忆。或者下意识地接受了、相信了灵魂的存在，错把一个挥之不去的执念当成了有个驱之不散的灵魂在作祟。

无论是什么念头掌控了这个生命，或者在影响这个身体，都只是念头而已，具体是什么内容完全不重要。甚至不用区分潜意识与表层意识，无论在哪里，念头的本质并无不同。而要化解那些病痛，并不是要一个个念头逐个去除，关键是对于所有执念的本质，有没有可能直接看清？

探索能不能基于事实或者实际发生的事情，而不是在猜测或想象中虚耗？一旦脱离实际就堕入了思想的泥沼。身体上的病痛，本就需要很大的能量去应对，更不能让异于现实的期待将其浪费。无数能量、精力、时间、资源都耗散在了胡思乱想当中，身体怎能安好？

真正的谦卑

通常意义上的谦卑，因为有高，所以自己在下的这种谦卑，并不是真正的谦卑。对于事实是怎样的，不抱任何观点和看法，才是谦卑。

只要有任何认定，哪怕这个认定是自己很差，那也不是谦卑，那实际上是一种固执的傲慢。那个认定里，就已经隐藏了"成王败寇"，这个人类身上动物性的极致体现。

认识或者知识永远是有限的，对它的坚持或执着，就会成为偏见。让看法代替某个人成为你的权威，并没有更高级，而是也许掉进了更阴险的黑暗里。因为本质上，权威就是个观点。

你生活中所有的问题，都源于思想把你带得太远。有"我"，内心的空洞就无法填满。孤立，源于片面局部的感知。全然感知才能体会到休戚与共，万物一体，才会有自身完满丰足的真正的独立。

探索、探讨，是要看清事实，而不是形成必将成为障碍的所谓"正确的认识"。或者不如说，我们几乎什么也没看见，偶尔现出的那一道缝隙，也迅速被思想重新封死。

最初的自由始于评判停歇，如实了解。

觉察可以在电光火石间发生，并不需要一个漫长的过程，只要我们对自己内心的事实始终感兴趣、有热情。

慈悲和智慧，是对自我的看清和瓦解，而不是用来满足自我的期待和需求。

唯有热爱，才不怕失去任何。

没有维护和辩解，只有认真的重新审视。

所有的顾虑或刻意，自己就会消失，于是自然带来身体的净化，那些话从而能够以更为恰当的方式说出，行动自然流淌，浑然天成。

对生态最友好、最环保的生活方式，正是了解并消除自我。

杂质被提纯，一种自运行的加速净化，势不可挡。

生死攸关，轻描淡写

2020-09-21

关于内心世界的真相，可以探讨，一起探索，但确实不帮，也不救，哪怕有些所谓"非同寻常"但其实完全不重要的能力。因为人的依赖是无底洞，永远填不满，外在的帮与救助，越发让独立看清难上加难，因为真正需要照顾的，是生命的需要，而不是头脑的需要。

而这里呈现的一切，尽管从外在看起来像是在反复说一些类似的甚至相同的内容，但真的不是简单机械的重复，如果是那样，自己早就先于听者厌倦了。

每次都是看着那件事、那个问题新鲜地表达出来，就像每次都是直接看着那朵花在重新描述它。即使面对人类亘古不变的局限，也是每次新鲜地面对，不会以局限的方式面对局限，所以毫无受限感，也完全不需要通常意义上的耐心。

你也许觉得这些话说出来轻飘飘，太过轻描淡写，没错，因为关于思想的真相真的是再简单不过，无论它裹挟着多么巨大的力量，在人间酿成了多么深重的苦难。而看清那些云淡风轻的描述中所讲的生死攸关的事实，就意味着最根本的限制也就是苦难之源的断除。

既如实审视，又不置身事外。

不需要维护光明，只需要驱散黑暗。

自己心中有一首歌，没有任何能夺走那份美好。

人类，活得像部机器

真正对这个社会有帮助的，不是去纠正那些显而易见的"错误"，而是自己首先不再往那种错误当中添加力量。甚至，"纠正"这个行为本身，很可能正是错误的一部分。

所以首先需要的，是一种并非自私、并非自我中心的对自己负责，因为我们能够真正改变的，只有自身。我们自己内心的秩序，是解救这个社会甚至整个人类的唯一的钥匙。

并非属于看到的、没有摧枯拉朽的力量的理性认识，其实是一个带有倾向色彩的识别，是一个结论、一个观念，本质是另一种形式微妙的

2020-09-29

评判。所以说，无论是不是抑郁、是不是有严重的心理问题，几乎每个人都被思想牢牢锁死。

无论发生什么，无论听到什么、看到什么，首先出来应对的是头脑里多如牛毛、密集到没有空隙的念头。人类整体上，是一部超大型的被头脑控制的血肉铸造的机器，而不再是真正意义上的生命。

那么，你，能不能做一个鲜活的生命，而不是一部唯头脑之命是从的机器？

全人类是一个庞大的斯德哥尔摩症候群

2020-10-15

你对真理的追寻，有没有最终还是败给了对安全感和认同感的需要？或许从一开始你要的就不是真理，而只是安慰和舒适。

如果体会不到生命本来的意义或者生命自身的意义，很容易陷入对意义的追寻这个怪圈当中。因为找来的意义，无论实现还是落空，最终都会陷入新一轮的空虚之中。

困在头脑里，真的是苦海无边。哪怕只剩下一个"应该怎样"，也是噬心之痛。

可是在思想的牢笼里生活惯了，早已对牢笼形成了依赖，不肯离开，也不敢离开。

全人类真是一个庞大的斯德哥尔摩症候群。

当那个黑匣子变成你的百宝箱，而不是关住你的禁闭室……

脱离意象的魔爪

2020-10-29

因为人类在现实生活的关系中，已然极其经常也极为娴熟地在通过意象来获得安全感以及快感，所以，如果不从这个模式当中突破出去，那么人类必定会越来越沉溺于头脑同样通过意象虚构出来的那个光怪陆离的嬉戏和娱乐的世界中去。

技术，提供了更加方便快捷而且无比丰富的即刻得到快感的手段，比如电子游戏，比如各大影音娱乐平台。技术，也就是思想，在越来越便捷人类生活的同时，也越来越紧地控制了人类，让人类活得越来越像一部经由指令也就是意象的刺激做出反应的机器，失去了生命本有的特质与活力。

当一个人内心充斥着各种亟待得到执行、亟待满足的指令，装有不计其数的"应该怎样"，那么无论 ta 的外表看起来有多么强大，甚至强硬，内心或者说生命都是萎缩的。没有"应该怎样"，生命才能绽放。

而真正爱一个人，不是一味满足 ta 的心理需要，而是帮 ta 或者和 ta 一起试着打破心理需要得以运行的模式，从已知中解脱，让真正的智慧开始运作。

无知者无畏

只要还受困于意识洪流，对财色名利的执着就万万少不了，它们完全来自对安全感和快感的饥渴。对安全感的追求，就体现在生活中一件件的大事小情里，所以各种冲突多如牛毛，让你无处可逃。

这个根本问题，不是一件通过调试能够解决的事。完全没有心理期待，没有应当怎样，才可能真正根据事实随时调整行动。即便冲突产生了，依然可以存在一种如实，它也必须存在才有出路，那就是如实了解冲突本身，停止冲突进一步产生的动因。

面对冲突，了解冲突。面对一地鸡毛，了一地鸡毛，面对被期待带走，了解被期待带走，面对期待，了解期待。对发生的事停止评判，开始真正去了解，才是最初的自由。

所谓"真实自带力量"，是说没有观点或观念的影响，事实呈现出来，自会有它的去向或者解决之道。之前被观点和观念消耗的能量，也会自然流向正确的用途。

正是因为探索已有深入，对于一些假的东西，你也许会有一种类似于本能的敏感。如果再强迫自己去迎合那些本质扭曲的需要，对自己的身心就是一种巨大的伤害。

所谓"真理便是毒药"。

尝试以完全不同的方式生活，并不是逃避关系。关系一直都在，只要人活着就有关系，只是你是不是还在勉强自己去吞下那些内心里再也无法认同的东西。

有很多不涉及意识形态的领域，可以是自己热爱于是因为热爱自然得到谋生的方式，因为探索和生活本来就是一体，完全没有矛盾。

这个世界有成千上万个行业，唱歌，跳舞，弹琴，画画，摄影，烹饪，运动，医疗，建筑，种植，自然科学……哪怕在这些早已显得太过大众化的选项里，依然有无数蹊径可以开辟。

生活中有太多神奇又神秘、既细微又广阔的领域等待着你，远不止各种材质、各种方式的手作，也完全不限于那些已经显得相当特立独行的拍蘑菇、种苔藓……

内心太恐慌，目光太狭隘，就会什么也找不着，什么也看不见。在内心领域，知识不是力量，恰恰相反，一无所知才是真正的力量。脱出已知，直面真实，真实自带力量。

所以，从一个完全不同的意义上来讲，"无知者无畏"，这句话真的非常贴切，因为心理上的所有恐惧无一不是源自已知，正是内心对已设定的安全感的追求，让你畏首畏尾，裹足不前。

所有执念散去，才会有真正的美

人对自己的机器状态浑然不觉、习以为常，真是一种天大的悲哀。人甘愿做被思想塞满的机器、被思想支配的奴隶，不是不可悲的。让人变得像机器的教育，泯灭生命力的教育，是谋杀，是谋财害命。

"我"，作为思想支配人类的最有力工具，是生活的阴影，生命的阴影。只要还有欲望，就会被趁虚而入。欲望，作为思想的产物，也是思想进一步控制人类的极为有效的手段。

没有对自己内心活动的敏感，就不可能真正对身体敏感，也不可能真正照顾到身体的需要，所以不可能有真正的健康。

　　一开始动念，一开始思考，头部和肩颈就会紧张收缩，而且整个身体或人的生命就会处在一种新陈代谢被压制的摩擦运行状态，那是一种几乎无时无刻不在的缺氧闷烧一样的消耗。

　　漂亮跟美，是两码事。

　　没有身体的健康和内心的完整，美便是一幅蜃景。

　　当所有执念消融，美，便势不可挡。

　　也只有所有执念散去，才会有真正的美。

你的一举一动，关系重大

2020-12-07

直面，且不放过任何来路不明的想法和感受，这份敏锐和不满，非常重要。不需要证明什么，只需要面对和了解。

所有的痛苦，都是我们随便乱动带来的。当然，这个随便乱动的，这个引起外在所有混乱的肇因，其实只是脑子。

你的一思一想，一举一动，每一个起心动念，影响的不只是你自己的身心健康，而且关系着整个人类的意识和走向。

事实和观点根本不可能形成交锋，因为它们属于完全不同性质的东西，在完全不同的层面或领域。那些强硬的观点，即使看起来裹挟着巨大的能量或者力量，也是外强中干的虚幻。

你哪怕有一次，甚至只有千分之一秒的一瞬间，真正体会到了这些看似平淡无奇的表达中所讲述的事实，就不会再觉得它们是平淡无奇的了。

另，Sue 不是任何人的榜样，也不需要任何追随者。不需要任何认同，也不需要向任何人解释，剔除所有的归属感，如心跳呼吸般自然轻易，毫不费力。

自己没看清的，决不接受

2020-12-14

　　一朵花，无论有没有人看到，也不管有没有人懂得欣赏，它的使命就是开放，无论将要面对的是膜拜还是践踏。

　　有了最初的自由，某些束缚，比如目的性已经松动，才能有一点开放的谦卑，才可能看得见、听得进。

　　然而，无论什么人说的什么话，都不能囫囵吞下，自己没看清的，决不要接受。

　　每一次都重新去看，随时从头开始了解。

　　另外，也不要随便说"自己没有质疑"这样的话，因为，如果真的知道自己没有质疑的话，这种状态就停止了，就会有一种随时随地都在的警惕。

　　真正让人不自由的，从来不是外在的现实，莫要让外在的境遇成为我们逃避的借口、退缩的替罪羊。

钥匙不在别人手里

2020-12-21

对生命负起责任来，不再像部机器一样对头脑的模式乖乖就范，而是不满，好奇，质疑，一探究竟。

别人无论说什么，都不要相信、不要接受，岂不是更直接、更简单？

这才是真正的独立，而不是依赖别人的启迪。

那些单刀直入探讨真相的话语，可能会被解读为过于严肃甚至于枯燥无趣，然而，你可知那些看似云淡风轻的表达当中蕴含着多么神奇的奥秘？

你哪怕只体会到其中所蕴含真实的一丝丝，也足以颤栗。而你觉得有趣的，可能只是迎合了头脑寻求刺激、娱乐消遣的需求。

所以，探索的关键，不在于对真相的表达用什么方式说出，而是我们用什么方式接收，钥匙并不在别人手里，我们自己才是钥匙。

从已知中解脱，便与万物一体，即便孑然一身，也永不孤单。

下意识，也是思想的故意

困在局限里，既没有真正的独立，也体会不到真正的一体，要么是傲慢封闭的孤立，要么就像一定要有所依附的烂泥。连看似谦恭的膜拜和顺从下，都藏着爪牙。

有意掺杂的，无疑是杂质，不可能来自纯净，连下意识都是思想的故意。处在局限里，就只会从局限中做事，无论有意还是无意，都是思想的故意。

一个人以"我"的主体视角看世界、说话，这一点是无论如何都藏不住的，表达里必定弥漫着强烈的自我感，以及带着人我之分的狭窄的局限感，那就是主体感、个体感。

对这个世界，对其中发生的每一件事，无论漠视，还是介意，都是下意识选择下的反应。而介意里又会有两种看起来相反但本质相同的方向，那就是好与恶、迎或拒，里面充斥着各种讨价还价的条件。

而无条件的爱，可不是一件可以随口说说的小事。尽管我们可能已经有了前所未有的感受，但也许还远远不够。不是要达成什么，而是那份看似独特的感受，跟那个完全在另一个维度的东西，也许根本不是一回事。

当无条件的爱不再只是一个认识，甚至不只是一个体会，而是一个活生生的事实，它自会涵盖整个生活，整个世界，整个生命。

一种需要无时无刻不在的质疑

2021-01-21

很多次讨论的主题有交叉重叠，甚至讨论的是同一个问题，可以多听听录音。而且很多时候，其实并不存在没有讨论完的情况，里边说到的任何一句核心的话，真的明白了，就已经有巨大的不同了。

自己参与和收听回放，为什么不同？这个不同，有没有说明点什么？老觉得没讨论完，这个"认为"里边，是不是有点什么？那些还想问的问题里，包含着什么？一定要问别人吗？不清楚的要问，觉得清楚的那些，就真的清楚了吗？

真的清楚了，也许就没有后面的问题了。这个一直想问下去的惯性，可能还是那个学知识的方式。也许需要的恰恰是翻回去，而不是往前走，之前的基础可能都是虚的，不坚实的。

这里说的不是某一次讨论，而是整个在参加讨论以及回听录音时的那种思维惯性。所有讨论都不是要明白更多，而是明白其中任何一点，就已经有质的不同了。

最需要警醒的，恰恰是那个寻找答案却不审视问题本身的惯性。不是要求自己提出正确的问题，这个要求是做不到的，只能看自己的问题本身包含着什么。不脱离思想的惯性，任何问题都是不正确的。

不只是对思考的内容，而是需要对自己整个思维的方式和逻辑，有整体的警觉和质疑，否则就还是睡梦里提出的问题，是继续在做梦。

　　不只是对那些有待探讨的问题，而是这种警觉需要贯穿在生活当中的每一个思考里，里边不对劲的地方可能非常多，如果发现不了，就会完全无知无觉地顺着那些逻辑滑下去。

　　不对劲可不是指某个客观因素，而是指想知道更多、想得到答案的惯性，对这个惯性有没有质疑，对自己持有的问题本身有没有质疑，对自己已经知道的那些有没有质疑？

　　真的对那些问题感兴趣，是不是就只能亲自参加讨论？

　　没条件直接参加或者完整参加，就回听，认真回听，反复回听，不

放过任何一个自己没听清、没看清的地方，或者认真看书、看视频，或者在生活中对自己的思想言行有随时的警醒，远远比通过参加讨论得到一个暂时解渴的答案有意义多了。

以提问然后得到解答的方式获得满足的惯性，真的需要质疑以及停下了。可以问，但是究竟有没有从中获得某种满足，是不是让自己不满的火焰熄灭了？这个满足感可就太微妙了。

也就是说，实际上是不是只是得到了一个明确的说法，但是对于说的那件事情本身并没有看清什么，得到的只是概念上的解释？别小看头脑层面的理解的作用，我们其实就是活在这个海洋里的，几乎每一步都在里边。

这不是在猜测，也不是在评判，也不是在刁难，更不是在吓唬，而是我们被催眠得多深，被思想围困得多死，真的不是一件轻易就能看到、感知到的事。要是对这件事情的真相能稍微触及一点，真的会寒毛直竖。

哪怕是美其名曰的探索，再怎么折腾，每一步，真的是每一步，都可能还是在思想的五指山之内。

所以一丝丝都不能掉以轻心。

探究真相，需要一颗健康单纯的心

2021-01-27

真理不是调和油。掺了一分杂质，整个就是败坏的。

真相的出现，无法期待，也无法促成。它只能自己发生。

无论从哪里入手，都有看清的可能，关键在于能否心无旁骛地观察或倾听。解脱也并非个人成就，因为个人并不存在。

探究真相，需要一颗相当单纯而且已经相当健壮的心，因为那团几乎无可化解的不满和质疑之火，真的不是常人能够承受得了的。毕竟，一个内心虚弱的人，最终想要的，还是安全感。

容易被影响、被别人的看法带走，是因为自身就糊涂，而且完全不独立，所以是可怜，甚至可悲，却丝毫不用觉得可惜。唯一值得怜惜的，是那条被围困到无法逃出生天的生命。

心疼，对世人的心疼，源于世人的因幻而苦，因迷而痛。如果能明白普罗大众也是受苦受害的难兄难弟，就不会有任何对立跟隔离，因为人类是一个整体，那是全人类的悲剧。独立不是孤立，不是独善其身。

如果说，有什么是 Sue 真正需要的，那就是你或每一个人真正醒来，既有充沛一体的感受，又活成一个独立完整的生命，而不是成为一个信徒，即便是花城（一小说角色）那样"完美"而又唯一的信徒。

　　有任何一个信仰、信念，哪怕再坚实、再"美好"，哪怕提供了无可替代的慰藉和依靠，甚至带来了前行的力量，那也是一种让人失去自由的束缚和捆绑，是一切争执与争战的发端。

　　而那无所凭依的自由里，没有风筝悬于一线的飘摇牵绊，有的是浓密而无限的相连，那才是真真毫无艳羡与机心忘却的赤子拳拳。

无欲则刚，得是真的无欲才行

2021-02-08

关系里处处是自我的痕迹。无欲则刚，得是真的无欲才行。

任何决定，首先不能是逃避，然后需要完全清晰自己为什么会这么决定。而你离开牢笼、退出战争的决定，究竟是出于什么，你真的清楚吗？囚禁生命的牢笼，只是那个充满了腐朽气息的物理上的小格子吗？尚在牢笼里的人，只是被我们离弃了抛在身后的愚昧众生吗？

从本质上来讲，这是一个你不愿意再被其影响的问题，还是说一个生命没有必要也不能再为这种腐败的制约提供服务和添加力量的问题？你有没有发现这是两个完全不同的视角，甚至是完全不同的层面？

即使还不知道对的是什么，停止错的，就是对的开始了。

如果没有成功退出战争，你觉得是因为遭到了对方的拒绝，是对方的原因？怎么可能？！完全不是因为别人的拒绝，而是你还完全不清楚自己为什么要那么做，才会轻易就接受了、认同了别人拒绝的理由。而且你以为战争跟你无关，不是你的原因造成的，但只要还有所执，就是引发战争、卷入战争的因素，你没那么无辜。

还是有所求，你在求什么？说到底还是各种价值标准控制着你，你还在权衡利弊，拦下你的，根本就不是别人。无欲则刚，无所求就不会有恐惧。如果你真的什么都不怕了，自然知道该怎么办。

痛苦，委屈，那说明你还有很多在意的东西。正是因为你还在意很多东西，所以不能痛快结束。

如果你还在费力坚持，还在对抗，那就说明其实自己还完全没有清晰，才会那么容易被影响，被带走。而且，被带走跟抗拒是否真的不同？无所执，自然就能退出。真的放下了，你就已经在墙外了，就完全不会再参与墙内的任何活动了。

你现在感受到的危险，不依然是心理上的吗？又没有人真拿刀架在你脖子上。如果说有什么真正的危险，不是那所谓"外在的战争"，而是我执带来的危害。

你所谓"来自他人的扼杀"，只是另外一个、另外一些"我"与你这个"我"的冲突而已。之所以有被扼杀的感觉，正是因为有一个"我"，没有那个"我"还有什么可杀的吗？

如果真的感觉到是对生命的扼杀，早就出来了，不再继续做被扼杀

的事了。真看到了危险，就早已远离了危险。还在拿外在的事情做借口吗？困住你的，真是那些外在的境遇吗？你整个追求安全感的思维模式才是刽子手。你口口声声说要对你的所谓"挚爱们"负责，可那些不过是执着。你爱的只有自己，只是把自我的圈儿稍微画大了一点儿而已。

更准确地说，你爱的只是自我，然后把这条命都快弄没了。把自己搞得人不像人，鬼不像鬼，继续扼杀自己的生命，才是对所有人都不负责任。

内心对安全感的追求是魔鬼，它让你四处张望，然后认为比如只有稳定的收入才能带来这种安全感，这整个荒唐的逻辑，简直是个无底洞。

只要还被任何一个观念挂住，就是在追求安全感，就是我执，就会有恐惧，生命就会继续被扼杀。每个生命都有同一个最首要的使命，只是大多数人意识不到而已。

看不清自然放不下，意志力没用。

索命的是你自己，也只有你自己能救。

你若沉静，无羡便是无限

现下流行的短视频，确实能以最为集中、快速、便捷、成本极低同时强度极高的方式提供感官刺激，也就是以一种极为有效的方式带来各种满足，它在让人的心智变得更加躁动、迟钝、败坏以及更易被占据、更加快感导向方面的危害，已经远远超过了传统意义上的毒品。而且因为夹杂着某种有用性的因素，在一件伪装得更巧妙的外衣下，更加理直气壮地当道，也更加难以识破、难以抗拒。

作为思想的产物，它跟思想长久以来对人的控制方式如出一辙，只是更加登峰造极，让人越来越沉溺于那个光怪陆离但虚幻无比的狭窄僵死的脑中世界，越来越远离鲜活而无限的真实。同时能量也更加集中于头部，头脑更经常地处于高度兴奋状态，身体其他部分的活力就会受到更多的抑制，加剧了整个身体的失衡，身体也因此会更加快速地衰退，于是从全方位更快地加速了人类整体的堕落。

有"应当如何"，你就不可能爱任何人。虚弱的心，本身就是一颗

活在幻觉中、在希冀、在期盼、没有在面对现实也不肯面对现实的心。一旦真的开始面对那个唯一的现实，马上就会有力量，马上就会变得强壮。只要还虚弱，那就必定在幻觉中，必定在逃避，必定没有面对。

另外，还有件有趣的事不知道你有没有注意到，那就是在通常的弱势或示弱里，暗藏着一种隐秘但咄咄逼人的要挟：我都已经这么可怜了，你怎么能忍心不帮我、弃我于不顾？这也是所有依赖的实质，柔弱的表象下，藏着爪牙。

而"如来"最基础的含义可以说就是如其本来、如其所是，没有思想或者自我想要改变、想要成为的干预，那时运作的便是那至高的智慧或无上的秩序。

你若沉静，无羡便是无限，至福就在你身边。

你所在之处，便是至福，没有任何追逐，也无需任何追逐。

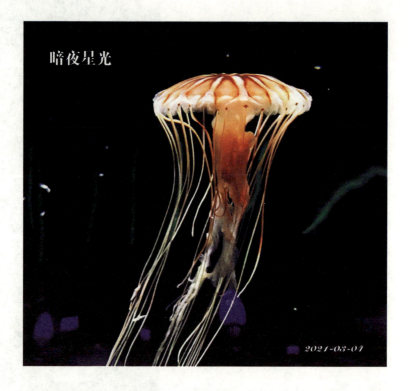

暗夜星光

2021-03-04

　　四季轮转，任何在当时看起来像是庞然大物的具体事件，在宇宙中，不过是白驹过隙的一瞬间。

　　看清真相，需要一颗非常坚定、非常独立的心。而这种坚定和独立又不是来自意志力，不是一种对自己的要求。

　　追随无益。追随，也不能让别人的领悟变成你的领悟。只会适得其反。想通过依赖实现独立，想通过幻觉到达真相，是最自欺欺人的做法了，这一点无论怎样强调都不为过，否则还会不停地绕回去。同时，想通过"我"消除"我"，本身也是寻找安全感和依赖最直接的体现。

　　有了质疑和敏感，就已经有了开放性、空间和某种可能。只有不停下质疑，才有可能从自我伤害、互相伤害的悲伤的洪流里解脱出来。

分离感即使再强烈、再真实，不代表那就是事实，尤其在最根本的层面上。也许，在最根本的层面上，我们从来就没有分开过，无论到目前为止我们依然感觉到彼此间有多远的距离。

分开，是个幻觉。一体，才是真相。

寰宇之内都是骨肉相连的同胞，却不能以通常的方式施以救助。

有时，无情，才是最深沉的温柔。

无论对什么，有真诚的兴趣，没有目的性，没有一个急于达成的结果，耐心自然就有了。

探索中那些没有目的性、没有功利心的品质或者哪怕是瞬间，即使微弱，也是穿透暗夜的无价之光。而大部分人，心中乃至眼中的那抹亮光，早已熄灭。

任何想要离开此刻的冲动，都直接是一种煎熬，如果你敏感的话。

没有心理上的想达成，此刻便是天堂。

幸福的全部奥秘只有一句：不再想要达成什么，心理上。

只不过，个人从痛苦中解脱，是太微不足道的一件事了。还有某种远远更为广大的东西。

那弥漫在周遭、极为浓烈的喜悦，不是我的喜悦、个人的喜悦。

恰恰相反，它源于我的不在。

在空寂中，无论醒与睡，每个瞬间都闪闪发光，淋漓酣畅。

无需任何人为的赋予，生命的每个瞬间都充满了意义，空无，鲜活，生动，富足。

而你的眼神，是否依然扑闪着星光，熠熠发亮？

摘下你的人肉 VR 眼镜

2021-03-11

　　意识洪流的裹挟之下，怎么可能有真正的独立？一个人在梦里努力保持的"清醒"，依然是睡梦的一部分。而绝大多数人想要的，是更深度地睡去，不受打扰地睡去，而不是醒来。

　　自私之害，于身于心，于人类的整体，都远胜于癌症。一个人太自私，自己不醒悟，任谁都救不了。而只要心理上认为自己是分开的个体，就

没法不自私。自我，是人类意识里的癌细胞，癌症。

　　心理上，任何人都不可能对你造成伤害，除非你允许它发生。也就是说，伤害你的，其实是你的意识，你的反应，是那个被你错待为珍宝、实则是癌细胞的自己。

　　一个人即使没有强大的逻辑能力或完备的理性，仅有的那点理性或抽象思维能力，也用去构建自我了。无论年纪如何，大部分人的心智都十分幼稚，茫然，惶恐，困顿，依赖，脆弱……连表面上的强大甚至强硬，也是内心空洞虚弱的产物，以及被顽固的期待和"应该"绑死的僵硬，外强中干。

　　《三体》这样的小说，恰恰说明了人类因为局限所以愚蠢。科技无论怎么发达，所谓的"文明"之间不依然是弱肉强食、互相残杀？

　　跟地球上的人类一模一样。再发达的科技和头脑，都救治不了也掩盖不了人类的原始和野蛮。

　　观点、理论、思想的交换、交锋算不上交流，那只是头脑的游戏，困在里边，就接触不到真实，只会越来越强化其中的逻辑。

　　但问题就在于里边的内容显得太过真实，太过可信，也太过重要，有身体感受激发机制的配合，就像戴着一副已经浸入血液、嵌入骨髓的人肉 VR 眼镜，非有极深的敏感和质疑精神，几乎没有脱掉的可能。

　　可你只有这一条宝贵的生命，何不脱离内心虚构的戏码，真正开始生活？

奇妙的日常

2021-08-15

顺从和反抗，软弱和暴力，压抑和放纵，一体两面，如影随形。有"应该怎样"，就会有虚弱，因为轻易就能引发反应，轻易就会受控。

无论对根本问题，还是对具体问题、具体人，知道自己不懂或者不真的了解，并不是一件很容易的事情。当我们对人、对事抱有自己鲜明的看法或者观点的时候，就已经失去了那种品质。

错被当作宝贝看待的记忆和经验，实际是恐惧的根源。冲突和痛苦会提醒我们，之前那些灵光乍现的瞬间的意义，在它们发生之时已经逝去，随时需要抛弃，一切都需要重新看起。

没看清最根本的事实，那么任何体验都只是一种体验，没有什么额外的意义，除了可能形成记忆、变成障碍。看清了根本事实，突变就已经发生，就再也没什么值得重视的体验。

可别再说探索了多久、质疑得多深入了，当随随便便一个观念就能让你乖乖就范。有多少所谓的"探索"，从头到尾都只是纯粹的思想活动，完完全全在脑子里打转，从没出来过，从没接触到一丝丝真实。

当你内心沉静，全身心去看天空、看树、看花，甚至看这些照片，都会有温暖的能量扑面而来，每每震撼的欣喜、感动，本就是奇妙的日常。

与生命对话，生命唤醒生命

对于普遍存在的苦难和悲伤，能不能既不接受，也不抗拒，不把它合理化，也不以受害者的身份自怨自艾，而是了解一下它的来源？

单单坦诚是不够的，还需要开放，单纯，头脑清楚，不自以为是，能够倾听……而倾听，不是听取，不是听信，也不是听从。人们通常会认为坦诚就是把自己心里的想法一股脑倒出来，所谓"直言不讳"。如果只是这样的话，那就变成了倾诉，却没有探索的空间。

每一个有倾向的念头里，都已经包含了依赖。自卑，是自怜，也是另一种自负，另一种自恋。任何人为赋予的价值或意义，或者人为划分的人群、贴上的标签，都是对生命的折辱。

越位的思想，一种可以杀人不见血的存在，它才是那个残害生命的杀手。以幻为真，人类当真是作得一手好死。思想越位，就把腐朽和死亡的气息注入到了本来鲜活的生命中，把生命变成了它随意驱策的僵尸、

2021-08-24

机器、物体。

"思想是僵化的实在，生命是灵动的空无"，"实在"的意思并不是"真实"，而是说思想作为填充物占据了内心的空间，而生命所在的那个广袤无边的维度，没有思想的位置，没有思想的填充、干扰、噪音，是空无安静的，又是丰富灵动的。

而包括神通或者某些超凡体验在内的所有这类东西都十分危险，不要随意碰触。这些事情无论真假，被贪婪的头脑捕捉，就完全变成了障碍，因为只要没有清醒的头脑，很容易就会被带走，很难再回得来。虽然从本质上来说，它们根本没有任何神奇和重要之处，而只是一颗安静的心的必然。

与生命对话，生命唤醒生命。

穿破思想的屏障，品尝生命的甘洌酣畅，灵动鲜活，磅礴壮阔。

生命之泉时刻甘甜

2021-03-29

所谓"心理因素"，影响的绝不只是内心，它存在以及活跃的同时，对身体产生着重大而长久的影响。思想控制生命的严重程度，通常体现为带有好恶倾向的感受或反应产生的迅速、频繁和强烈程度。

"我"，是人类被集体催眠后，集体陷入的幻觉。某个心理需求太过强烈，智商就会下降。

生命之泉时刻甘甜，世人却只看得见、只尝得到刀尖上那一点蜜糖，被头脑愚弄至斯，当真可悲又可怜。

你还在想抓住什么？如果真的什么都不想抓住，就不会有漂泊感，也不会有停滞感，反而会有一种流动的安稳。

能直接感受到人类意识里边的所有痛苦，不代表这个生命个体上还有那些引发痛苦的机制在发挥作用。反过来说也一样，一个生命个体身上已经断除了所有的苦因，不代表 ta 再也体会不到人类意识里边共有的痛苦。

甚至，正是因为个人化的痛苦的根源已经断除，才能真正体会到实际并非个人的而是属于全人类的痛苦。对于全人类共有的痛苦以及引发痛苦的运作机制，是可以直接看到、感知到的。是直接感知到，而不是由那个机制引发的。解脱或者突变发生，那个机制在这个生命身上就不是休眠了，而是已经瓦解。

为什么真正的优雅（而非训练出来的优雅）通常会显得很慢，是因为没有了思想长期积累形成的那种急吼吼的惯性。

但这种"慢"，并不是一如《疯狂动物城》中的"闪电"那样的迟缓，而是有一股迅捷的灵敏，因为没有了遮挡事实的帐幕和对行动的干扰，心明眼亮，从而能够及时做出恰当的回应。

2021-03-30

这一秒，你要么是死的，要么在活着

悯人间悲欢情恨，执花仗剑济苍生，芳心破鸿蒙。

执花，自不必多说；仗剑，斩的是心魔，那个"我"。芳心，并不是传统的女性含义，而是说，那空无是孕育万物的能量之源；鸿蒙，指的是思想笼罩之下的混沌蒙昧。

"Sue 说"里的对话确实发生在过去，但并不完全属于过去，因为里边有全人类共通的问题，和并不包含时间性的内容。

另外，有一点需要清楚，加入 TFT 其实保证不了什么，只是说同学们可能已经具备了某些基础的品质，但也只是可能，这个"可能"都不一定是现实。而且，即使在里面待了一段时间，也依然保证不了任何东西，这其实完全取决于每个人自己。

换句话说，一个人如果已经具备了那些基础的品质，TFT 会是一片非常好的土壤，具有非常好的氛围和环境。这个"好"，并不是通常所理解的温馨，更不是抱团取暖，而是没有人为添加的杂质。但是如果一个人本身没有那些品质，那是谁也没有办法的事。

什么时候我们能够明白，这个世界给我们带来的所谓"感觉"，只是我们内心的投射或反应带来的观感，事情就简单太多了。也就是说，症结从来不在外面，而只在自己的内心。

以前怎样已经不重要了，都过去了，重要的是现在停下它们的影响。

要么在意过去，要么在意某个假设的结果，要么在意"我"，可它们都是什么呢？看个虚构的剧，就能把自己吓个半死？

从已知中解脱，本就是一件很紧迫的事，一件生死攸关的事。

因为，这一秒，你要么是死的，要么在活着。

一念地狱，无念才是天堂

2021-04-15

悯人间悲欢情恨，怜苍生执迷不悟，因幻而苦。同时，也许略带惊奇地笑看那可悲又可怜的世间百态，一种令人叹息的有趣。

真的是一念地狱。无念，才是天堂。

自己有什么，就面对什么，不要管别人什么样，不要比较。对自己的心理需求，审视，质疑，面对，不迎合，也不抗拒。

你应对心理需求甚或应对悲伤的方式，也许恰恰是悲伤产生的根源。所有的痛苦，都源于脱离现实，进到了头脑那个虚幻的世界里。

人类如果不停止如今机器般的生存状态，迟早会被真的机器取而代之。

当出现了愤怒或痛苦，可否看看，在细微处，究竟发生了什么？不是一定要问具体原因或历史原因，而是，也许所有的愤怒和痛苦，都有一个共通的没有时间性的发生机制，这个机制才是自我了解的关键。

这个机制是人类的内心活动和关系中底层的根本事实，它不属于心理学，不属于任何学科，也不属于某个人，而是为全人类所共有。只有一个非个人化的头脑，才可能对它有真正的了解，而这份了解或者观察，

完全没有任何目的要达成。

愤怒或痛苦，源于心理需求没有被满足，那么这个事实当中的关键又是什么呢？是没被满足，还是心理需求本身？

在探索中，带着交易心态而来，必将失意而去，因为，探索不是生意，我们不做交易。所以，不如空手套白狼？什么都不付出，还可能无本万利，即使什么都得不到，也不亏，确实要安全划算多了。

但是，即使看起来什么都没付出，却依然是以交易心态在做交易，这种算计，出现在内心或关系领域，甚至出现在探索真理的领域，人类究竟是精明，还是无以复加地愚蠢？

真理，本如刀锋，刺穿黑暗的愚昧。

谁说善与美只有温存？

解脱，并非个人的福祉

无论你之前接触过什么宗教或派别，甚或哲学、心理学，要亲自看清真相是什么，就必须抛开所有那些东西，完全重新开始，完全独自去看，不再通过各种比较研究来耗费自己宝贵的生命力，因为那些研究本质上只是依赖和逃避。

在了解自我、探索真相的领域，无论是修内在还是修外在，无论是修心还是修身，无论怎么修，都是头脑为了达到某个目的铺设的道路，都不可能实现真正的净化，因为人类所有的心理问题和关系问题，都源于一种交易心态。

修，作为心理上的成为，本身就是交易。

身体需要好好照顾，但是单从身体入手，却看不清内在根本的真相，

2021-04-19

不可能有真正的解脱。

　　"如果真正看清了内在根本的真相，是不是自然而然就会出现身体层面那种无形的气脉轮净化呢？"

　　首先，这是一个假设性的问题，看清了真相，你自然会知道，没看清，你就不知道是不是这样的，也不知道我给你的回答是不是在骗你。

　　另外，所有把某个未来的结果说在前头的，都涉嫌引诱或者本身就是利诱，头脑就擅长玩这种伎俩，接下来，剥削与被剥削就会成为必然。

　　如果一定要说一句，那就只能说，解脱并非个人的解脱，它涵盖的远远不是所谓"个人的福祉"或者个人达到什么状态，而是远远超出了那些。所有以个人为基础提出的问题，都依然在成为和奖惩的机制里。

当你的心毫不设防，坦荡开放

2021-04-28

只有当你的心毫不设防、坦荡开放，美才能时时闯进你心里。你不是用眼睛在看，而是用心在触摸。而真，便是善，便是美。换言之，当你眼前没有遮挡、内心未被充塞，真相才可能显现。

真正的探索，是直接去看根本事实是怎样的，而不是说理论、讲道理。我们的探索很多时候或者很有可能是抱着交易心态来的：无论自己探索，还是和大家一起探索，我探索了就能得到什么或者就应该得到什么。这种心态，毁了我们的探索。

空手套白狼，无本万利，依然是交易心态，依然是在做交易，最终被算计的，恰恰是自己。下意识，也是思想的故意，因为内心里所有的念头也就是思想里都有倾向，那个倾向就是故意。

只要信了脑子里的想法以及其中的逻辑，不怀疑它们，就会觉得自己的反应比如气愤或痛苦是理所应当、天经地义的。再被这样的想法诓骗下去，就是真的傻了。因为气愤或痛苦等等反应出现的时候，在对别人造成伤害之前，首先伤害的是自己的身体、自己的命。

看法、观点、"应该"、期待、评判这些东西，一旦被接受、被相信、被当真、被看重，就会引起反应。思想从工具变成主人，本末倒置，于是麻烦接踵而至。

当有强烈的感受，我们是面对，还是通过各种方式比如倾吐或压抑来逃避？只有能够不自责、不自省、不自我批判地向内看，探索才可能真正开始。

而对于一颗安静的心，没有什么是不可能，完全可以像蜂窝一样井然有序，却又甜蜜生动，再细微，依然融合无间地徜徉在磅礴酣畅的生命里。

需要被鼓励、被肯定、被认同，那是因为得了一种虚弱的空心病，内心满是坑洞，才需要不停填充。殊不知，那是些无论如何都填不满的无底洞，因为那些坑洞脱胎于幻觉中，而幻觉无法被填满，只能被看清。

心理上，实际只有发生的事，思想或感受，没有个体，没有人。

"人的独特性不在表面，而在于从意识内容中完全解脱出来，而这些内容为全人类所共有"，这里的独特性，首先是指人类区别于其他生物的独特性，也就是说只有人可以从意识内容中解脱；其次是指一个解脱出来的人，才真正具有不同于其他人的独特性，但这种独特性，又完全没有分离或割裂的个体含义，因为心理上的

个体并不真正存在。

安全感，掌控感，自我感……思想搭造的心理世界里满是谎言，所以才满是填不完也填不满的坑洞。罔顾生命的需要，继续放纵、放任生命被思想控制，任由脑子把身体耗尽，任谁都救不了。这是生死攸关的紧迫，但不是紧张，发生了就是发生了，不介意，但也绝不是放任，而是需要刻不容缓的探究和质疑。

没有东西挡在中间，你与世间万物，无论多远，都没有距离。于是能量随空间而来。没有距离，只有广袤的空间。

而在狭窄的缝隙里，戴着镣铐跳舞，从来都不美，因为在幻觉里的言与行，一如梦游，一如梦呓。

美，只伴随自由而来，只存在于自由中。

了解自我的运作，是在救命

2021-05-28

　　无论多强烈，在意象的塑造下，感受早就变成了一种不值得信赖的东西。意象作为流行于世间的谎言，因为能带来强烈而"真实"的感受，从古至今，很少受到真正的质疑。

　　所有人都被谎言欺骗，为谎言而战、而伤、而死，在这个谎言的笼罩下，所有的正直、勇敢，都荒唐得像个悲哀的笑话。意象引发情绪反应，对身体的破坏或伤害，于人于己，是普遍存在的事实，只是程度不同罢了。所以才说，了解自我的运作机制，其实是在救命。

　　伴随着对思想和感受随时随地的觉知和了解，跑步，拍摄，驾车，工作……都是冥想的过程。整个生活都是。

　　整个自然，整个宇宙，都处在冥想中。即便身痛，心也无苦，世间依然辽阔，生命的美和喜悦，依然是一个扑面而来、无法阻挡的事实。

所有意象，都是执念，都是欲望

2021-06-08

听清风细诉，看树叶旋舞，听鸟儿啁啾，看鱼儿悠游，看燕鹊振翅翻飞，看水面荡起涟漪，嗅花草与叶的鲜香气息，看树影映出翠玉，看蓝天抛光波平如镜，看白云投下团团倩影，看水色随天光变幻，由绿渐蓝，愈来愈沉静，看夕阳铺就一湖散碎金银……

生命的美和张力，喷薄而出，当真令人叹为观止。同时还蕴藏着另一种别样的能量感，如同松柏，内敛，深沉，浓缩，是另一种磅礴。

生活中，一分杂质，就是一分衰败，一分老朽。而探索中，每一分杂质，都是歧途，都是陷阱。

不主动怎样，若是一种选择、一种意志力的行为，便已是另一种主动，同样是自我的展现，只是换了种方式罢了。

你的一举一动都在展现自己，即便没说出来的一思一想，也在时时以微妙的方式展现着自己。

被要求、要求别人，跟自己对自己的要求，本质上可有区别？不过都是受要求也就是观念的控制而已。

所有已经成为意象的意识内容，都包含着同一个结构、同一个机制，都含有倾向、成为、时间，都是执念，都是欲望。

心理上没有异于现实的想怎样，也就是没有大大小小的欲望，就不会有不安。

即使有不安，也可以安于不安，面对不安，了解不安。

于是，自然会有一种不躁动的单纯活力。

质疑，看看事实究竟是怎样的

2021-06-14

市面上流行的各种文章、视频，若是看了进去，也就是勾出了内心的认可或者认同，那么其中的每一句话都可能已经成为一个局限，一个框定。

我们四处分享、发送的各类内容，是不是都是我们在一定程度上接受的、认可的？那些内容本身，以及我们对它们抱有的倾向，都值得深深质疑。潜意识随时在摄取信息，若是没有质疑，没有警惕，限制性的影响就随时都在发生。

并没有谁在质疑和警惕，而只是质疑和警惕的品质在起作用，因为那些观念性的、意象化的、标签类的东西自带一种隔绝生命的陈腐气息。这不是判定，也没有谁在判定，而是可以直接看看实际上是否正是如此。是事实本身是怎样的，而不是任何个人视角下的事实。不带个人视角，事实才可能呈现出来。

可以质疑，也需要质疑上述是否属实，但质疑需要首先指向自己认为没问题的或抱持的那些东西，看看那些观点、信念本身的事实是怎样的。

一个个生命个体正在被各种似是而非的描述和说法所牵引、所框定，无论是看重、相信还是接受，哪怕只有一丝心有戚戚，很可能就已经进

了牢笼。也许你内心就是需要这种确定性和安全感，于是下意识心甘情愿被限定。

质疑并不是针锋相对地指向某个人，而是说我们每个人在每个动作后面可能都隐藏着相当多的倾向或动机，看看实际上是怎样的。引向对于自身发生事实的探究和了解的交流，才是真正的对话，否则就只是在思想或头脑驱动下的思维游戏而已。

比如我们的分享行为，实际上隐藏了哪些我们自己并不清楚的动机，或者是否包含了对其中某些内容的认同，而这些东西又是否有局限？如果我们认同有局限的东西，那说明那些局限就在我们自己身上，而不只是在被认同的那些说法里。

又比如我们觉得自己有不负责任的行为，那么对于这个不负责行为的了解，才是真正对自己负起责任来，而不是在自责、愧疚、后悔中急急做出行动。

说到底，你有没有兴趣对自己的每一个想法、决定或行为都来了解一下？它们背后可能真的有非常多我们尚未发现的微妙之处。即使我们知道自己的某个行为是有某个明确动机的，但那个动机也许只是非常表面的部分，只是冰山一角，后面也许还有更为庞大的事实有待发掘。交流、对话或者探索，就是引向更细致、更深层的事实的过程。

如果对于一个行为没有充分了解的话，那我们实际就处在一种被驱使的受控状态，并不是真正在清醒地活着。

绽放生命

2021·06·21

青色的修长小鱼贴着水面游弋，身体和尾巴灵活摆动，时时探出水面啄食浮物，激起一圈圈涟漪，又倏尔一下两支箭一般追逐而去，嬉闹游戏。

更大条的鱼跃出水面，会翻出一片水花，并伴有扑通一声小小巨响。

一只粉蝶上下翻飞着掠过水面，留下两抹起伏的洁白倩影。偶尔还能见到一只龟、一条蛇，在近旁的水中悠游而过。

四声布谷和二声布谷交替唱起，夹杂着雀、鹊、鸦的叫声，要么呢喃细语，要么清脆婉转，要么聒噪直给，要么悠长辽远，此起彼伏，错落有致。栾树的高枝上已开满金黄。一艘艘明黄的游船经过，荡起千层波澜，拍击石岸，打破一湖宁静。

了解自我，是像吃饭、睡觉一样于生命而言重要又必不可少的事。缺少了它，生命便无法健康，无法完整。因为自我感，是生活里、生命里的杂质。无论是自我感的彰显，包括凡尔赛式的彰显，还是自我感的满足与被满足甚或被违背，都是生命里的泥沙俱下，都是毒素的注入、污染、流传和蔓延。被价值观的毒水浸泡的生命，是一部部生化机器甚至生化武器，已然无法成其为生命。

这里的一切，不需要认同，只需要你懂。认同本身，和被认同的，只能是局限。无限，无法被认同。就像选择，你无法选择澄澈，迷惑才会选择，选择来自迷惑，选择里没有自由。

柔和，温暖，能量，蒸腾，弥漫，充盈，交融，饱满，细致，入微，灵动，流动，流畅，畅通，流淌，跳动，坚实，稳固，力量，柔韧，震撼，颤动，淋漓，酣畅，浸润，通透，鲜活，新鲜，甘甜，蓬勃，活力，生命，喜悦，轻松，连通，润泽，辐射，深远，无边，净化……

生活中随时随地的冥想，健康的生命状态，包含了所有这些品质，又远远不止于此。

看清局限，就意味着局限的解除

2021-07-08

生命，每时每刻都有绝不雷同的美。每朵花、每片云，都能深深击中你的心。大自然的美，蕴含着一种无比丰富、极其灵动、毫无重复、绝不机械的秩序。

而人类的意识中却四处悬浮着密密麻麻的僵死的"应该怎样"，所以才会有弥漫绵延、经久不散的累世悲伤。暴力的实质，正是"应该怎样"。

大脑认识世界的方式或者说思想本身，确实有着极大的局限，被这种局限主宰，哀伤与混乱便在所难免。但是大脑得出一个貌似符合事实的关于其自身或者关于自我的认识，依然是大脑那个局限的范畴里的一个认识，是大脑变得更狡猾的体现。一个貌似符合事实但只是头脑层面的认识，是更难醒来的自欺。

真的看清了大脑、思想的局限或者自我的本质，就已经不再受那个局限、那个幻觉限制了，就已经解脱出来了。看清局限，就意味着局限的解除，意味着自由。

而爱跟独立、自由，其实是同一个问题，同一件事。内心不独立、不自由，处处依赖、控制，可能真正去爱一个人么？完全不再追求安全感，爱才能降临。

不要接受这些话，更不要相信，感兴趣就继续了解，而自己是最直接的一手的了解素材，很多事情都可以在自己身上直接看清。

开启充满惊喜的人生探宝之旅

2021-07-19

生活的意义不在远方。生命是什么？它就是此刻的每一下心跳，每一次呼吸。

寻常生活是一座储量惊人的宝藏，各种情绪、感受，甚或言行举止，就像是四处散落的矿石，细碎的点点滴滴中蕴藏奥秘，只要你有善于发现的眼睛和心灵。

你的一言一行，处处透露着你的认知。陈旧的认知停留，就变成了"应该怎样"。于是过去一直塑造着你的现在。陈旧的蔓延，毁掉了新鲜。不改变，那么未来就只会是过去的延续。

人内心对安全感的渴望，是万恶之源。这种延续的渴望，催生了一念又一念。念念相续，快如闪电，而跟思想"赛跑"，需要超光速才行，所以才需要没有时间的觉察。

不加评判地看，给思想一个绽放然后枯萎的机会。带着评判去看一件事的前因后果、来龙去脉，那是分析，是思想的行进，于是又落回到了思想的圈套里。不带着评判去看，才是真正的看、直接的看，超越了时间的看。

如此，深刻寓于简单，意义藏于寻常，就像一场人生探宝之旅，惊喜的发现可以发生在每一刻。

　　真正的安静，是充满着活力的柔和，柔韧，柔软。每每寻常里，都有极度的喜悦。这不是个人感受、个人经验，恰恰相反，正是没有个人，才有这般体验。

　　而真正的卓越，并非攀登任一领域里有形或无形的高峰，而是处在生命本身的巅峰。脱离虚幻，融入真实，此时，你便无二无别于那至高无上的秩序、那浩瀚无垠的生命。

我们面对痛苦的方式，揭示了痛苦产生的根源

2021-07-28

一件事发生了就是发生了，希望它没发生，本身不就是一种妄想？

心理上只要还有一丝丝介意，就会反映在身体上。对身体的介意，也依然是介意。

"觉得疾病是来提示自己一些东西的，感觉自己已经悟到了，为什么病痛还一直伴随左右呢？"这个思维方式，不还是目的导向或者结果导向的么？不依然是心理时间？心总想飞往别处，从来没有安在此刻。

也许就是因为离开了此刻才会痛呢？或者正是因为离开了此刻才会有苦。有介意，有评判，有抱怨，想去往别的地方，就已经离开了此刻，就会有苦。向往，心理时间，直接就是苦，就是苦的核心和实质。希望本身就是地狱。

痛苦首先最需要的是面对，你不怕它，你不逃，它顿时就失去了力量。倾诉，转移视线，合理化，怨天尤人，自怨自艾……都是逃避。正面迎向痛苦，一头扎进去，哭就哭，但是试着不再思考，不再想，真正去面对。然后会怎样？面对了自会知晓。

接下来的核心问题就是，痛苦究竟是什么引发的，是某件事、某个人，还是完全另有蹊跷？

"觉得没那么苦了，为何？"

从已知中解脱，真正的智慧便开始运作

2021-08-11

直直的知了叫声里，有一种格外安宁的静谧，各种鸟儿振翅穿梭和蜻蜓逡巡而过，留下迥然不同的轨迹。

柿子树顶部高枝上的椭圆叶片，在骄阳的照耀下闪着辉光，微风吹拂，它们就像一对对忽闪着的翠绿色的蝴蝶翅膀。

在每一次时间停止的凝视里，都有几乎让心胸爆裂的狂喜和饱满到溢出来的意义。

"要怎样才能看清事实当中的真相？"

生活中的任何事件，都是我们了解自我、对自己真正开始负起责任的契机。真的对真相感兴趣，就质疑自己的每一个观念、每一个认识，不停追究下去，一直到底。

解脱，并非变得全知全能，而只是内心从已知中脱离出来，活在完整和真实里，不再抱持包括自我在内的任何一个幻觉，没有任何一个"应该怎样"。

即便痛心疾首地大声疾呼，也依然没有作为心理期待的"应该怎样"。

内心背景般的声音，是苦难之源

2021-08-18

不脱离事实，痛苦便不会光顾。

而与事实的脱离，不只发生在认定"你错了"于是产生情绪和反应的时候，而是脱离一直作为一个背景存在着，包括说"你太对了"于是欢欣雀跃的时候，也在脱离。

或者说头脑深处始终有某种有声或无声的声音，某种倾向或者某种寻求时刻存在，所以脱离一直都在，只不过"你错了"凸显出了这种脱离，而"你太对了"则掩盖了这种脱离。

也就是说，脑子里的声音，大部分时候都含有某种预设的期待，它们的存在，本身就是一种脱离状态。这些声音里包含着内心隐形但多如牛毛的期待，时时刻刻导致不计其数的消耗，榨干着你所有的精气神。

内心的不安、空洞或者对安全感的需求，便是那些声音不断产生的动力，或者正是那些念头的本性。

所以兜兜转转回到核心，最关键的，首先是毫不逃避地面对那种空洞和不安，毕竟，即便头脑知道这些感受产生的原因，除了成为障碍，别无半点意义。

期待，最不理智的行为

2021-08-24

立秋，天气凉爽，清晨，节奏鲜明的虫鸣和斑鸠的咕哝，代替了之前昼夜不歇的知了叫声。

活进真实所含的喜悦里，而非虚构故事里的多愁善感、悲欣交集。莫让心理时间，把你折磨得遍体鳞伤。

期待，是最不理智的行为。并不存在所谓"合理"的期待，所有期待都是最为荒谬的存在，哪怕你觉得你的期待已经低入了尘埃。

不在局限里，每一秒都是一部盛大的作品，那精巧的秩序，有独一无二的绝美。而持有期待，错过真实，错过这个刹那，就是暴殄天物的作为。

闯入了夏季的秋雨，又簌簌下起，带着早来的凉意。

世人活在自己塑造的意象里，把日子过成了泥泞的谜题。

榜样，不是明灯，而是阴影

2021-09-01

月亮在薄薄的云层里快速穿行，行道树之间可爱的团团白云，几分钟之内便统统消失了踪影。

双份喜悦的花边，依然在甜香中绽放着极致的温柔。

真是一个过分美丽的早晨。

你没有在笑，但每一个细胞都盛满了喜悦。

每一丝越位的思想，都在令人兴奋的刺激中，将人慢慢异化，就像吃着吃着就变形了的千寻的爸妈。

榜样，不是明灯，而是阴影。

每一个"应该怎样"，都在败坏人心，扭曲生命。

在黑暗中未知前路的探索才有趣。这里的黑暗，不是愚昧，不是恐惧，不是慌乱，正相反，是摒弃了之前在引路但实质是愚昧的已知，完全不再追求安全感。

又邂逅了一个璀璨的黄昏，就那样静静伫立，迎接着不同的云层之间色彩、光泽、形状都极为丰富的不同，以及相互间位置的移动。

白云、乌云和金色的云，互相衬托，从辉煌到暗淡，然后又一同融入了静谧夜空中的无限深远。

让你痛苦的，怎么可能是爱？

2021-Q9-28

"应该怎样"，是一种心理缺陷。没有"应该怎样"，就不会受伤。

无论如何，抱有异于现实的期待，只会带来伤与受伤，其本质，无异于一种失了智的愚行。

同样，当你以某人为榜样，那说明你心理上尚未成人，仍然处在婴儿状态，因为那依然是一种"应该怎样"。

"应该怎样"，是一种严厉的自我惩罚，对身体或生命施以折磨的同时，一并造就着一个更强大、更坚固也更具毁灭性的自我。

我们的"爱"，一大半都是假的。本来就没有谁属于谁，没有"应该怎样"，其实连背叛都不存在。

让你痛苦的，怎么可能是爱？只有执念会让你痛苦，而不是爱。

因为真正的爱，是无缝的交融，真正的爱里，没有丝毫执着挂碍。

逻辑，不代表理性。有太多流行于世的逻辑，缺乏真正的理性。

真正的理性，是即刻的看清。

万事皆可盘。

天塌不下来，没什么大不了，都可以来了解一下。

每一次全身心的聆听，都在给生命一次机会苏醒。

形神俱寂，才看得见，生命那惊心动魄的美。

于是生命中最好的时光，永远都是刚刚开始，有一种完全不需要任何提振的昂扬。

那份了解的热望，让你与生命始终处在热恋中。

每个此刻，随时随地。

刹那，永恒。

皇帝的新装

意识幻化出的

无论色彩 还是力量

繁华 抑或升扬

都是惶恐在黑夜里催发的

虚张声势

色厉内荏的慌张

即便笑出了眼泪

背后依然是如坐针毡

悲哀的凄凉

而思虑之外的喜悦

磅礴浩荡

无因无由 不可限量

永不枯竭的活力与能量，源自空无

2021-10-20

探索，是了解，而不是对抗。

一件事或者关系里，一旦有丝毫勉强，便一点意思也无。

世人只被动机驱赶着生活，怎不教人心生悲悯。

痛苦的根源，恰恰在于我们内心从未安静。

不动，才是真正的行动。

与事实在一起，你的心就会安定。

永不枯竭的活力与能量，源自空无。

即便身处无间，亦可心在桃源。

发生什么，就了解什么

2021-11-15

不用急着要求自己做什么改变，现在实际发生着什么，可以先来了解一下。有委屈，就了解委屈，有受伤，就了解受伤。

最重要的是面对，不是拒绝，也不是接受，也无需在意任何人包括自己的看法。而面对，并不是一件能够靠意志力做到的事。

简单说就是，无论出现了什么感受，不躲、不逃、不评判，直接面对，就有了空隙，即便出现的正是逃避和评判，它们也可以被直接面对。

一件事，你不给它任何看法，不把它当成问题，它就不是问题。换句话说，一件事发生了，哪怕是痛苦发生了，你不把它当成问题，就不会带来进一步的问题，了解才可能发生。

任何事都可以直接体会，无论是脑子里出现的声音本身，还是对那个声音做出的动作或者追加的声音。既可以体会那些声音累加之后引发的感受，也可以直接体会每一个声音里面所包含的感受。

出现了意志力，就体会那个意志力，出现了目的性，就体会那种目的性，出现了烦躁，就体会那份烦躁，不想着改变它。给说法、给解释、给看法，那不是了解，也不是探索，那只是反应。哪怕有了反应也没关系，反应也可以直接去体会。

真理就像手里的沙子，握得越紧，丢失的越多。

不再抓取，便无所谓"丢失"，也无所谓"获得"。

生命的无尽繁盛，反而异彩纷呈。

不要让任何脱离现实的东西得逞

2021-11-29

过去的，都已经是前尘往事了，对不对？

无论是发生在自己身上的，还是发生在别人身上的，都已经过去了。

过去无法改变，无论是别人做的事情，还是自己身上曾经发生的情绪和反应，过去的，就让它过去吧。那些还没有真正过去的，在自己身上还遗留的东西，最需要的不是谴责，而是了解。

不用管任何人的看法，也不用管以后，现在最需要的是什么，尽量做到、尽量给到就好。能做到多少是多少，绝不要因为做不到的而自责。最最要紧的一点，是看清现实需要什么、现实发生了什么，不要让任何脱离现实的东西得逞。比如现实是自己有情绪，那么就不要期待自己没有情绪，而自己现在还有的情绪，是最需要得到了解的。

又比如养育孩子，最重要的是，让他们具备独立思考和独立生活的能力，而不是什么房子、车子之类外在的东西，不要被那些本身是毒药的观念绑架。

不妨在心里面大喊一句：去死吧，那些声音，那些看法！

真理，无法规划

2021-12-13

我们为什么就觉得自己的那些"应当"那么理所当然、天经地义呢？天底下最荒唐的一个东西，却被奉为了金科玉律。

能不能醒一醒，睁开眼睛看看这个真实的世界，看看认定的所有"应当"，都是多么地不真实？

从实际出发，不说理论和道理，只说自己真实看到的、感受到的，这点确实非常重要。

"修"这个字，通常就包含了想要达成什么的意味，而无论真理还是观察，都不是一件可以规划的事。

从自身现实开始，了解最切近的现实里，自己的一思一想、一举一动里包含的真相，就是最紧迫的行动。

而又有多少所谓的"探索真理"，早已沦为了追求感官价值或者刺激。

一个丝毫没有自卑感的人，根本不会产生也不会需要优越感，包括通过追求真理得来的优越感。

影响之下无探索。

清空心理层面所有的意识内容，才可能真正清醒。

美，就在没有距离中

一旦落入旁观者／评论者的角色，就已经错过了当时／当事。

充满了期待，就充满了在意，充满了介意，也就充满了瘀堵，充满了苦。

有期待，就会有错过。错过这个瞬间，就错过了整个生命。

完全无所期待，才会有真正的喜悦。

诗，不在远方。

这不持久的瞬息万变，里头恒久常新的美，一眼便是万年。

美，就在没有距离中。

共处里巨大的能量灌注，疗愈的力量超乎想象。

冲突和混乱本身，无论如何都不能叫作"美"，但在对冲突和混乱无选择的看到或者没有距离的洞察里面，是有美的，那本身就是美。

当你处在一种弥漫性的喜悦里，也就是在你内心空无安静，时间和距离都消失的时候，好像看一切都是美的。

但实际上并不是你看到的东西本身是美的，而是那个看的状态，那个感知的状态，本身就是智慧和秩序在运转的过程，所以本身就是美的状态，或者就是美本身，就是慈悲本身、爱本身。

你这一刻，要么活在天堂，
要么活在地狱

2021-12-27

内在探索、观察和倾听，都不是一件可以规划的事。真理无法规划，也无法模拟。

抱有动机、期待或目的，心里装满各种认识、结论和道理，不停衡量、比较，就无法倾听，也无法真正开始观察，探索以及共同探索就无法发生。

探索能够发生，需要有最初的自由，而这个最初的自由，需要在相当程度上不再追求安全感才会有。心理上，停止比较，停止衡量，没有动机，没有目的，完全不再追求安全感，才会有真正的健康，真正的安全。

是否处在对自我的了解或者全然的感知中，就决定了你这一刻或者时时刻刻，是活在天堂，还是地狱。越是逃避地狱，就会越深地陷进去。逃避，本身就是地狱。你以为是大树底下好乘凉，实际上是大树底下不长草。背靠大树确实很安全——你会死得很安全。

需要的，不是从物理上或形式上离开那棵树，而是心理上。这个离开，无疑不是一种意志力的行为，不是一种选择。培养出离，是另一种依赖，另一种逃避。

对事实的了解，需由表及里，由细节到机制，由现象到本质。透过纷乱的细节，看清机制和本质。看清了最底层的真相，就不会存在不懂另一个人的问题。

这个懂，并不是知道所有的细节或信息，而是懂得所有人行为背后的机制，也就是被偏离现实的动机、目的还有倾向困住，永远接触不到真实，无休止地陷在痛苦、冲突和挣扎里。

万事万物时时刻刻都在展现着最根本的真相，吐露着最终极的真理，问题只在于我们是否视而不见，听而不闻。一条奔腾向前的河流，不会为在岸边驻足不前的人而停留。什么时候岸上的人准备好了，自会跃入那条生命之流一同前行，自然自发，毫不费力，而不是出于任何的影响、诱使或者压力。

只要有一丝目的性，就已经不再单纯

2021-12-31

一朵花存在以及绽放的意义，并不在于是否被人或某个特定的人看到。头脑去规划一朵花的绽放，这恰恰是它越位的地方。人世间所有的苦痛由此而来。

真正的探索出自非常单纯的兴趣，是头脑之外或者思想领域之外的事情，无法用头脑去设计、去规划。只要有一丝目的性，只要有任何动机，就早已不再单纯，就已经是败坏的。

由头脑设计和规划的探索，以某些结果为目的的探索，不可能是真正的探索。探索过程应该怎样，探索结果应该怎样，带着这样的设定，探索就进了模子，真正的探索就无法发生。

那个所谓的"探索"，只是贪婪驱动的行为，只是头脑塑造的产物。

充满了目的性和功利心，就充满了头脑狂妄的不自量力。

那个惯性地发现问题、解决问题，抱有目的，重视结果，不停检讨、改进的思维方式，本身就是困住所有人的思维方式，还在用这个思维方式进行内心探索，对这个方式抱定、坚信，完全没有质疑，那就永无出路了。

只不过，一个被目的性困住的头脑，当真是谁也没有办法。知道没

有办法，所以也不找办法，但依然在不停尝试，从未停止过尝试，不为
了任何目的而进行的尝试。

一切都只能从自己做起

2022-01-12

在内心领域或精神层面的问题上，"修"这个字，就暴露了所有的问题，因为那依然是在欲望的掌控之下。被欲望控制，所谓"自得其乐"，不过是自欺欺人。连这句话都没法轻易说，真的知道自己在自欺，就会停下。

问题不在语言文字本身，而是用词大部分时候暴露了我们的心思。需要了解的恰恰是我们的一思一想、一言一行、一举一动里所包含的奥秘。

思想远比我们以为的狡猾多了，动机也没有那么显而易见，比如我们所谓的"发现事实"，有没有可能只是出于下意识地寻求安全感，于是发生的一种惯性的快速识别，而不是真正的警觉或看到？

又比如你有没有习惯性地揣测一些自己并不了解或并不理解的东西，尤其是那些所谓"超越"的存在？头脑的理解不是真的了解，因为你并不在那个状态，所以只会是猜测。思考假设类的问题，会陷入脱离现实的想象。

自己转变，才是首要的责任，自己不转变，就是在给世界添乱。现在就思考转变后的事，就是在逃避当前现实里最首要的责任。

心里的所谓"实话"，也不代表说的就是事实，事实上所有看法都只是猜测、只是评判。交换看法，哪里算得上交流，那分明只是思想自己的把戏而已。交流一些本质虚假的东西，意义在哪里？继续玩思维游戏吗？

这就是那个大家乐此不疲、但实际上是浪费生命的游戏。这是几乎全人类都陷入的一个死循环，困在自己的脑子里出不来，根本接触不到什么是真实。至于什么是真实，只能反过来说，那就是除了观点、结论、经验、知识、记忆之外的东西，或者说是头脑里那些内容以外的东西。

要是对自己所抱持的东西，也就是对头脑里的那些东西完全确信、毫不质疑，那就完全没有出路了。那些把关系甚至把探索当儿戏的人，实际上就是把自己的生命当了儿戏，糟蹋着最宝贵的东西。没有怎么办，只需要看清这一点，看清了自然会知道怎么办。

另外，你是通过猜测别人、评价别人来认识自己的吗？还能更荒唐一点吗？你了解自己这些眼光向外的惯性吗？你对自己身上发生的事情不好奇吗？为什么总去猜测别人、评论别人呢？就是这个习惯在害死自

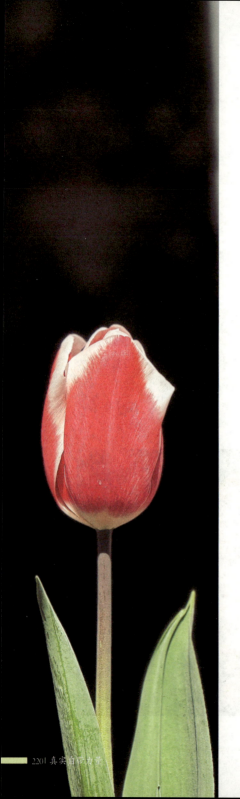

己，害死每一个人，为什么不质疑一下呢？不是要改掉它，而是去看清楚它。改，就依然在同一个旧有的模式里。

别人怎样不重要，还是得回到自身，一切都只能从自己做起。不说自己并不了解的东西，因为你并不了解 ta 们实际怎样。真正对自己说的每一句话都负起责任来，才不是游戏。

能否回到自身，或者起码能不能看看自己总是偏离自身的这种倾向？能否停止这些旧有的模式？别轻易许诺什么，除非你真的可以做到。不只是对某个人，而是对所有人，而且首先是对自己，因为只要继续说结论、说道理、说评价、说看法，就是继续活在幻觉里，就跟任何人都没有真正的关系。

真正的交流首先不是交流看法。有探索真实的意愿才存在交流，可以说出随时发现的事实，同时不存改变任何人的想法。没有目的的热情在，不需要自信，同时自会万分警觉。要是自己并没有这种热情，就依然是在说理论、在讲道理、在想象里。要是真的有这种热情，自会不停歇地探索下去，完全不需要刻意保持，也不需要费力坚持。

向外质疑，浪费生命

2022-01-18

在所谓的"内在探索领域"，长篇大论地或者占用大量的篇幅和时间，去讨论个人问题、个人状态，美其名曰"互相质疑"，是太过普遍的一个现象了，有太多人耗在这个陷阱里浪费生命了。

都是打着旁观者清、对事不对人，或者互相帮助、互相指出的旗号开始的，这种质疑从一开始就不可能是真正的质疑，因为去质疑别人，尤其是质疑那个人本身，从一开始整个方向就错了。

因为旁观者不可避免的分裂本质，所谓"旁观者清"，从最根本上就不成立。质疑只要一离开自身，只要向外，就会制造对立，就是在浪费生命。

只要你质疑对方的那个东西，自己身上还存在，那么这个质疑就没有意义。别说质疑对方和质疑自己可以同时进行，眼光一向外就没在质疑自己了，这就是自我或者思想最狡猾的地方。

或者说，那些向外的质疑，其实只是思想的一种简单识别，本质上只是评判，跟事实没有任何关系，哪怕看起来跟对事实的表述一模一样。

继续这个惯性，就是继续被思想或者自我困住，完全没有缝隙突破出去。

判别别人是否真实，这本身就是一个可以叫作"方向错误"的顽固惯性，因为已经是向外了。倘若认识不到这一点，就只会继续这个惯性。要是有真正的质疑精神，这种质疑就不可能发生，或者说，要是真的对自己有深刻的质疑，根本就不会再延续这个惯性。

无论是谁说的话，质疑那些话本身是不是在说事实，不如说去质疑那些话所论及的事实本身是怎样的，那就是直接在探究那些普遍或者根本事实是怎样的了，那才是真正的质疑，跟质疑那个人本身以及那个人的状态，完全是两码事儿。后面的质疑完全是思维游戏，跟真正的质疑根本就不沾边儿。

任何要求，任何期待，任何结论，任何评判，无论对人对己、对内对外，都是向外求，都是冲突，都是暴力。脱离自身现实，就进入了幻觉里，那就和谁、和什么都没有真正的关系，在关系中了解自己，就成了一句空话。

向内，才可能有真正的质疑。真正的质疑，不是知道了什么是质疑再去做的过程，所以不存在实践这回事。先知道再实践，本身就产生了二元对立。生活中时时刻刻都是挑战，一有所要求，无论对人对己，一偏离现实，都是挑战。有那份警觉，一向外就会注意到，不需要通过实践去知道。实践这个说法或者实践这个概念，本身就包含了理论和实践的二元分裂。

直接去看自己身上的现实就好，不是吗？我们自己的心思、行为或者动作，正是最需要被质疑的，比如说自己惯常提出的那些所谓"质疑"，它本身是什么，它来源于哪里？这才是我们自身最迫切需要了解的现实。

穿破黑暗，活成光源

2022-02-01

这个世界最底层的事实，是普遍联系和世事无常，抱持分离感和希望恒常，就违背了最根本的真相，痛苦和冲突自然在所难免。

某些疾病与伪装，是否关系莫逆？伪装的意思是，心理上努力达成异于现实的另一副模样。基于自他分离甚至对立的外求，无法实现一个人自身真正的健康和治愈。带着自我的诉求，也不可能有人与人之间真正的合作。

真正的探索是会消解冲突的，因为看到了事实；即便不会明显减少外在或人际冲突，也起码会让内心的冲突消解，或者至少不再那么牢固。

无论出现什么情况，哪怕不说探索，而只是自己首先如实面对，就不会产生进一步的冲突和问题。烦就烦，没什么大不了，万事皆可盘。不把它当成问题，它就不是问题，而只是一件有待了解和处理的事情，起码不会增加更多问题。

为什么说最初的自由就是最终的自由，因为不逃太重要了，一旦不逃，直接面对，问题便已不复存在。真的看清了，会相当平静，看清了浪费，会自然停止浪费，而不是厌弃。

重新开始生活，什么时候都不晚。现在刚刚好。

记忆失去所有色彩，唯有此刻异彩纷呈。所有记忆失去色彩，其实失去的只是悲伤的底色，因为再美好的回忆，底色依然是悲伤。

真正的生活，是完全用不到意志力的活色生香。

没有在承担着什么的感觉，所做的事就像生命在活着一样自然，虽然确实需要巨大的能量，但依然不曾费力。

穿破黑暗，活成光源，一种无比安定的存在。

自会有警觉和清醒，一种毫不费力的敏感。

人类意识深处的悲伤

2022-02-09

世界上最大号的垃圾场在哪里?

人的脑袋里。

人类意识深处的悲伤,是所有心理记忆自带的底色,这种底色泛到表层,化作现实,就有了散布于人世间的哀鸿……

只要有心理记忆,只要有心理需求,就难免不能自已地陷入扭曲的关系里,伤人害己,身心俱疲。而且常常会化作各种流行于世的暴力,带来惨痛的悲哀,活生生的人间地狱。

你心里是否始终有一个更好的在别处,一直要急吼吼地奔赴?于是永远无法安在此刻,错失了最美好的,同时一座座或微型或巨型的人间炼狱,随时都在铸就。

当所有记忆变得味同嚼蜡,你自然不会再去品味它。那就意味着过去的所有影响已尽数消除,生命的光彩真正开始绽放。绝大部分人不愿放开那些记忆,因为没有了那些记忆,自己或者"我"将不复存在。

所以内心那些所谓"美好愿景",说是谎言,已经完全不足以表达其本质和危害,它们实在是裹了糖衣的毒药,人类千万年来一直在忙不

迭吞下，身中早已透入骨髓的剧毒，自伤伤人从未停止，甚至愈演愈烈。

是时候醒悟过来，停止这些伤害了。从最艰难的困境里突破出来，迷途的人们，是时候回家了。家就是秩序，智慧，慈悲，爱，美，自由，和平，安宁，喜悦，创造……

于是，有一种一旦开始，就绝不会逆转也永不会停止的净化。

于是，新鲜的事实，可以被一颗敏感的心随时发现。

于是，尽管能深切体会到人世间弥漫的悲伤，那澎湃磅礴的喜悦也没有丝毫减损。

于是，每个瞬间里，有四季，有日月，有天地，有众生，有万物，有世界，有宇宙，有一切。

雪崩之下，没有一片雪花是无辜的

2022-02-18

雪崩之下，没有一片雪花是无辜的。

世界上最荒唐的事，是施暴者讨伐着实质上是自己犯下的罪行，道貌岸然，义正辞严。人与人之间的关系中的占有／独占，就是把人物化的过程。我们是否正做着与我们所批判的行为性质相同的事？

媒体的沦陷从来都不只发生在某个时代，信息即便不是如今的泥沼模样，历来也是在百般塑造后才被放出。何况，任何一宗罪都并不真的是个人行为，而是人类集体作恶的结果。

如何出自内心、基于事实地行动？那需要我们每个人从"自我"所代表的那种禽兽不如的动物性里解放出来。因为每个人自我中心的价值模式才是症结，那些令人发指的罪行，只是这种模式泛滥、加剧的必然结果。毕竟，即便不可见，你也同样用一条锁链，将自己终身囚禁。自我，就是那条几乎每个人终其一生都未曾挣脱的锁链。

所以我们首要的责任，是先把自己从这条锁链下解救出来，否则就是在给世界添乱，就是在给所有恶性事件的发生添加柴火。别看表面上看起来我们与那些行径毫无关系，实则密切相连，因为人类的意识从来都是密不可分的一个整体。

而这解放，只能经由不迎不拒的面对、毫无选择的观察、直接的感知和看，从对自己、对自我的透彻了解而来，而不是出尽百宝的分析和思考。

　　看，脑子是安静的，而想，会让头大。随时的观察，并不是要确认什么。看清，不是确认，也完全不需要确认。只要没在观察、没在看，而是有心理层面的想法在活动，就会有一股拉离现实的执拗的力，造成消耗甚至伤害。

　　看清一个个正在影响自己的想法的性质和作用，至关重要。去想、去思考、去分析它具体的来源，可能恰恰是逃避。去看那些想法、那些问题本身，而不是屈从于它去寻找答案。换言之，看看其中包含的动机，想要得到的结果，或者想要去往的方向，你也许就会发现，答案就在问题中。

　　看清带有倾向的心理记忆、意识内容，或者那些被世人普遍接受、盲目追随的观念，比如对成功的崇拜，对体面的渴望，这些东西的本质、性质还有作用。因为，那些隐含了成王败寇的思维，正是人类身上动物性的极致体现，正是这些禽兽不如的所谓"人性"的盛行、泛滥，才造成了一幕幕人间地狱。

　　生命的甘泉本在嘴边，人们却双唇紧闭，视而不见。

无畏，只是完全不再期待

2022-03-12

阳光耀眼，可人类依旧积重难返。人们更愿意被所谓的"美好"催眠，而不是清醒过来，直面人生的惨淡。人们更喜欢更坚定"我是""我在"，而不是了解什么实际上"我并不存在"。而只有活在"我并不存在"这个真相里，才有真实而磅礴的喜悦。

不肯舍弃眼下近在嘴边但虚幻的甜头，便与那磅礴真实的喜悦无缘。为了得到那喜悦而舍弃，依然是交换，依然身陷虚幻。而苦，恰恰是因为你活在了幻觉里。

没被铁链锁脖，不代表你就是自由的。人是一根行走的芦苇，身体的空腔里灌满了思想，因为局限所以有毒的思想。

娱乐至死的心态里，有巨大的残忍和暴力。停不下来的娱乐惯性，正是一种生命被暴力驱赶、被虐待的状态。

你的感受和行为被什么所塑造？一个也许让你不寒而栗的真相。可否抛开所有的知识重新去看？脑子装这么满，你是觉得窒息，还是觉得安全？敢不敢放开所有的知识和看法，直接去看此刻的事实？

此刻的事实就是，知识所在的范畴，由于其本性，把你困在了一个虚幻的世界里，深陷其中而不自知。一个虚幻的东西支配着你真实的生

活，还有比这更可怕的事
情吗？

你不敢放开，因为那
些知识就是你，没有了那
些知识，你什么都不是。
你敢一无所是吗？

"普遍联系，万物一
体"，回归事物的本质，
才可能拥有和平。只要有
国家存在，战争就在所难
免，就像只要有自我存在，
冲突就是必然。心理上的
动机和目的，将人引入歧
途。改变只能从自己开始，
一动想要改变环境、想要
改变别人的心思，就只会
伤人害己。

头脑退后，生命的智
慧才能开始运作。

无畏，不是勇敢，因
为根本不需要勇敢。

无畏，只是完全不再
期待，没有对"美好"的
觊觎，便再无恐惧。

了解自我，并从中解脱

2022-03-28

苦，是因为你活在了幻觉里。身体顶多会痛，让你苦的，是你的心理反应。

在清醒或清晰之下，一切都显得既丰富又简单。但是当依然困在幻觉里，似乎到处都是迷雾重重，歧路不断。然而，能帮到你的，只有你自己。一旦依赖，便走上了不归的歧路。

司空见惯里，藏着令人咋舌的真相。从自身开始着手了解，就是最直接的行动。一旦有距离，不论长短，就已经不再直接。直接是没有距离，所以没有路，也不需要路。所有的路，都是歧路。

"我"这个符号，在身体层面，有对应指代的实体，但心理上没有，也就是意识里只有符号，没有实体。每一个有倾向的念头里，即便没有"我"这个字，自我也依然是在的。

没有倾向，就意味着没有分离，没有隔离，只有一体。

了解自我，并从中解脱。因为自我与爱，不同在。

处在真正的观察或者无观察者的观察中，绝无乏味的可能，而是每时每刻都极之喜悦，饱满的空旷里，真实如潮水般涌现，激荡着的能量，宁静又澎湃。

从自我中解脱，才可能拥有和平

2022-04-13

　　人类世界如今盛行的，依然是黑暗森林法则，所以人类依然野蛮如初，并未进化丝毫。

　　"文明"是另一个极具讽刺意味的词。"文明"是禽兽之"上"的所谓"高等智慧"也就是人类的产物，但无论这个文明，还是所谓的"高等智慧"，都是建立在分别的幻觉之上的，这分明是极大的愚昧，却被冠以"文明"之名。

战争可不是只有传统实体战争，暴力也远远不只限于肢体层面。任何冲突，都有个暴力的核心。只要有任何一个层面的分别、割裂，就会有对立、有冲突，就会有暴力，有战争。

"应该怎样"，本身就是暴力。不止三人成虎、众口铄金、杀人诛心是暴力，每一个"应该怎样"，都是暴力。每一丝越位的思想，都在投下暴力的核弹，都在制造冲突、残害生命。从自我中解脱，才可能拥有内心与外在的和平。

人类被控制的程度，远远超出了你通常的认知。别看表面上生龙活虎、躁动不安，实际上人类整体是被催眠的，被符号、被观念、被思想所催眠。所有的观念，本质上都是让人沉睡的麻醉剂。

同样，知识也只是抽象的符号，即便所有的知识加在一起，也永远比不上任何一个真实的事物。就像"花"这个词，连同关于花的所有知识，永远无法跟那朵真实的花相比，它们完全不在同一个范畴、同一个维度。

又比如我们时常念叨的"全心安住""无住生心"，若非自己的现实状态，那就只是道理，或者所谓的"美好"理想，而这些东西实则是帮你逃避面对现实的催眠剂，是让你看不清真相的最大障碍。

影响之下无探索。影响之下，你只是一个行走的观点，而不再是一个生命、一个人。探索需要一种完全不打折扣的独立。

耐心来自，不抱目的性，没有功利心。

做自己热爱的事，不会越挫越勇，而是，根本不会受挫，压根儿就不存在受挫这件事儿，因为不存任何想要达成的动机，没有丝毫企图心。

真相，不需要相信，只需要看到

2022-05-21

越位的思想或者意识内容，跟感受，从来都是分不开的。因为其中所包含的倾向或者情感色彩，那些内容一旦开始活动，即刻就会引发相应的感受。

无论强弱深浅，所有人的悲伤痛苦，实际上都是相通的。你的悲伤就是全人类的悲伤，再怎么显得有个性，依然是非常表面的差异。就是因为太看重这种差异，才产生了个体化的错觉和分离感，再也感受不到一体。

对于这些基本事实，在这个生物个体上发生了真正的看清，就会有即刻的解脱。此时才能真正被称为"个体"，一个完整的人。但每个人只能自己从意识洪流里脱离出来，他人无法代劳。

以幻为真才会产生恐惧，恐惧又进一步催生了各种相信，而所有相信，都是迷信。信和恐惧，互为因果，恶性循环。

在自己亲自看到真相之前，其实你并不真的知道别人是不是看到了，无论这个别人是谁。所以不用相信什么，有兴趣、有热情自会不停探索，这是最重要的，纯粹的兴趣和热情自会带来不懈的探索，自会带你走远，就像生命自会有它自身的运动。

而真相的看到是不能规划的，有一丝人为的刻意，真相就不会出现，无论想通过打坐静心、锻造身体，还是别的什么方式来触及真相。把看清真相当成了一个目标，要去准备它所需要的条件，这就已经落入到了思想支配的或者头脑主导的模式里，这样一个思维模式就引入了时间——这个所有痛苦的根源。

　　你也许会说，填饱了肚子，才有余力去探索真相。没错，但这里就涉及一个什么是基本生存需要的问题。这个时代其实是物质极大丰富的，很少会有人真的填不饱肚子，觉得自己要为填饱肚子忧虑的，绝大部分都已经不是身体或者生命真正需要的那个程度了，已经是某种心理需要了。你并没有真的饿肚子，而只是心理上总觉得拥有的还不够多，不够安全。

　　看清那些心理需要，从而摆脱它们的控制，生命的智慧自会照顾身体的健康，你也许才会发现，基本生存需要真的极少，少之又少。

人类内心世界的几个基本事实（"Sue 說"的核心）

2022-09-16

人世间的所有冲突、痛苦乃至伤害，都是由人们内心抱有的两个最主要的幻觉引起的，其核心是心理时间和心理距离。它们违背了这个世界的两个最根本的事实，那就是世事无常和普遍联系或者万物一体。这两个幻觉表面上看起来不同，实则相通，系出同源。在它们的笼罩下，人的感受被广泛地、深远地塑造着，早已不值得信任，而是需要深刻的质疑。

第一个幻觉，是包含在所有超出工具地位、作为指令存在的越位的思想中的"成为什么"，也就是趋乐避苦、趋利避害、寻求安全感以至快感的惯性倾向，也就是各种心理期待、"应该怎样"。希望事情保持恒久或者如己所愿，违背了世事无常这一根本事实。头脑这个一厢情愿的妄想，既包含了从"这"变成"那"所需要的时间，即心理时间，也包含了从"这"到"那"所需要跨越的距离，也就是其中一个意义上的心理距离，而两者都是错觉，也就是说，认为存在心理上的进步，那是幻想。

这第一个幻觉的核心，也就是偏离事实或者偏离现实的"成为"，无疑是从一个非常局限、非常狭隘的个人视角发出的倾向，其中就包含了第二个幻觉，那就是：认为意识主体、心理个体或精神实体真实存在的分离感，也就是另一个意义上的心理距离，即人我自他的分别感，这就违背了普遍联系或万物一体这个根本事实。由于过分注重表面上的分开和差异，而再也无法感受到一体。所谓的"自我"或者思考者、观察者、经验者不过是头脑造出的概念，只是思想或者意识中的内容，自我感、个体感、分别感只是这些概念带来的错觉。无论意识能力还是意识内容，全人类都共有、共享、共用同一个。

这些基本事实，只有在真诚而单纯的没有动机、没有倾向的兴趣和热情下，通过深刻质疑自身的意识内容和感受，对关系中自身的反应过程进行独立而自由的观察，才能直接看到、体会到或者触摸到。这些基本事实，通过分析、推理，通过任何人为的理论体系、方法体系、修行体系都无法触及，因为这些体系的本质正是造成了所有问题、核心是幻觉的越位的思想，它们是人类的敌人，而非帮手。思想的本质是过去，是记忆，是抽象的符号，是陈旧的、僵死的、破碎的、局限的。通过局限，无法触及无限。

触及这些基本事实，看清了所有的幻觉，就意味着所有幻觉的消失，活在真实里，此时才会有真正的爱与美，慈悲与智慧，才能身处喜悦的至福当中，融合无间地存在于就是创造本身的生命里。

那美，与日月同辉

2022-11-19

春花，秋月，夏蝉，冬雪……

生命，每时每刻都有绝不雷同的美。

这不持久的瞬息万变，里头恒久常新的美，一眼便是万年。

也只有形神俱寂，才看得见，那悄无声息却又惊心动魄的美。

真正的美，源于一切真实，而非人为拼凑出来的虚假之物。

美是真理的展现，也是真正的善，而非世俗社会的道德规范。

美，就是真，就是善。

"Sue 说"文集（2018）——《与生命对话》，将于不久后出版面世。一册小小的《2023"Sue 说历"》作为第一本文集的先导，将带着美与真理那清新又磅礴的气息，陪伴大家度过新一年的日日夜夜，里面的每一句话、每一帧景，都在与你的生命促膝长谈。

聆听，那真理之美

2022-12-30

真理，配得上最华丽的皇冠，而皇冠无论如何华丽，却配不上真理之美。

仔细聆听，那真理的乐音，或如滴涓细流般叮咚作响，或如滔滔江海般磅礴浩荡，又或者，一如无尽虚空中的寂静，敲击你胸膛的心声，那亘古而来的悸动……

"Sue 说"文集（2018）——《与生命对话》已由九州出版社正式出版，全彩印刷，图文并茂，书中附赠精美"Sue 说"书签，待你开启一份时刻常新的非凡友谊——就叫作"并肩踏上真理探索之旅"。

关于 Sue

Sue，一个没有身份的人，就像她的微信签名：
Being Nobody.

她是谁，完全不重要，她只是在做一些事，怀着对生命和真理的热诚。而所做的一切，只是为人类以及更为广大的生命，培养一颗颗崭新的心灵。That is, to set man totally, unconditionally free.

＊与克里希那穆提＊

自 2009 年起，出于自发的强烈热情，开始翻译克里希那穆提的书籍和视频字幕。2012 年联合创建克里希那穆提冥思坊，主持冥思坊会员线上读书会和讨论会，负责冥思坊翻译小组的翻译工作，组织翻译了百余集克氏视频字幕。

已出版克氏译著包括：《与生活相遇》《倾听内心的声音》《人类的未来》《生命的所有可能》《终结生命中的冲突》《最后的日记》《论恐惧》《质疑克里希那穆提》《唤醒能量》（译审）《探索与洞察》（译审）。自译作品：《转变的紧迫性》《唯一的革命》。

关于热爱

有一些普通意义上的兴趣爱好:摄影,音乐,跑步,瑜伽,截拳道……只不过,那份弥漫的热情包含的远不止这些,而是遍及每一片叶,每一朵花,每一丝风声,每一缕阳光,每一处鸟鸣,每一次呼吸,每一下心跳,每一抹笑容……

Above all,与生命,是一种再也分不出彼此的交融。那爱,就是真理,就是生命。

一个全新生命阶段开启的标志

2018年3月13日"Sue说"的首篇文章问世:《序篇》。此后虽另有一篇文章专门用来说明这个公号及其内容的用意:《一个说明》,但其实只要用心体会,不难发现这个用意就体现在了她写出的每一个字、每一句话、每一篇文章里。

一年后,2019年3月13日,创立"TFT"(Team for Truth),与朋友们一起开启了探索生命真相的新篇章。就像她一条朋友圈动态中所说的那样:

都说被爱幸福。

无条件地去爱,才是真幸福。

因为没有条件,所以不可战胜。

图书在版编目（CIP）数据

真实自带力量 / Sue 著. -- 北京：九州出版社，
2023.4

ISBN 978-7-5225-1772-8

Ⅰ．①真… Ⅱ．①S… Ⅲ．①散文集－中国－当代
Ⅳ．① I267

中国国家版本馆 CIP 数据核字（2023）第 069380 号

真实自带力量

作　　者	Sue 著	
责任编辑	李文君	
出版发行	九州出版社	
地　　址	北京市西城区阜外大街甲 35 号（100037）	
发行电话	(010)68992190/3/5/6	
网　　址	www.jiuzhoupress.com	
印　　刷	北京市房山腾龙印刷厂	
开　　本	880 毫米 ×1230 毫米　32 开	
印　　张	7.875	
字　　数	80 千字	
版　　次	2023 年 5 月第 1 版	
印　　次	2023 年 5 月第 1 次印刷	
书　　号	ISBN 978-7-5225-1772-8	
定　　价	98.00 元